茶园

残雪全新小说自选集

残雪 著

山东文艺出版社

果麦文化 出品

目　录

茶　园

坐在阴湿空阔的老屋的客厅里，喝着茶，祖母忽然对黄石说：

“要不，你去黄伯的茶园里玩玩吧。那边天天出太阳，即使东边下雨，西边也出太阳。我担心你老待在家里会得病。”

“我一个人去吗？”黄石问道。

“你一个人去，坐火车去。”祖母坚定地说，“天天出太阳的地方对你的身体有好处。这种机会可不是每个人都有啊。黄伯的茶园啊，一眼望去伸展到了天边。可惜我太老了，去不了那么远的地方了。”

在黄石的心里，兴奋渐渐战胜了畏惧……

整整一夜，他都在关于茶园的梦里挣扎。那个茶园里根本不出太阳，时时刻刻隐没在浓雾中，几乎什么都看不见。黄石弯下腰抚摸那些茶树时，往往会摸个空。明明看见树叶在手边，就是摸不到。

黄石背上换洗衣服、课本和作业本出发了，因为暑假作业还得做。

祖母将他送到院门口，嘶哑着嗓子叮嘱他说：

“石头，你可要回来啊！”

黄石一边点头答应一边在心里对祖母的话感到纳闷。

折腾了一番，买好了车票，黄石终于坐在他的卧铺上了。

火车一开动他立刻躺下，闭上眼想象那天天出太阳的地方。在他所居住的城市的郊区也有茶园，绿油油的，他还曾去里面采过一次茶。但祖母说那些小茶园同黄伯的茶园没法比。黄伯的巨大的茶园究竟有些什么样的诱惑力，使得祖母竟要担心他会滞留在那边不回家？还有就是黄石长到十三岁还从未出过远门，祖母怎么会放心让他独自去遥远的南方的？不错，那里有一位黄伯，是黄石从未谋面的远房伯伯。可是祖母难道一点也不担心他坐火车下错了站，或下火车后转长途汽车时坐错了方向？这可一点儿也不像她平时的做派啊。黄石是个多思的男孩，他想来想去，想到了一种可能，那就是也许祖母认定他不会再回老屋，已打定了主意要彻底忘却他，正如当初他的父母忘却他一样。黄石想到这里背上就开始流冷汗了。过了一会儿他终于镇静下来，于是又开始想象天天出太阳的茶园。他命令自己只想茶园和即将见面的黄伯。祖母说黄伯五十多岁，身材高大，很英武。黄石就想象他从茶园的夕阳中朝他走过来的样子。黄石一阵阵激动，他觉得自己已经爱上这位伯伯了，说不定从今以后自己就要生活在他的庇护之下了呢。

黄石不敢朝窗外看，也不敢睡着，他怕错过了报站。餐车过来时，他从女乘务员那里买了两个馒头。

“小家伙，越是精明越吃亏。”姑娘边说边朝他挤眼。

黄石不明白她的意思，却莫名其妙地红了脸。他很惶惑。

两个馒头一下肚，黄石就没有那么激动了。他开始用呆滞的目光看车窗外的风景。那简直不叫什么风景，只是荒原连着荒原，连一栋小房子都没有。这些荒原——间或被一些小山包打破——在他眼中成了褐色的斑块。他感到厌倦了，于是重又在卧铺上躺下，想要再次去设想黄伯的样子。他脑海中出现了绿色的茶园，但黄伯不再现身了。他回想起那姑娘的话。会不会因为他太精明，提前去想象这位伯伯的模样，伯伯就隐藏起来了呢？

地图上的那个地方在很远的南方，按车票上的时间要坐一天一夜的车。可是很奇怪，黄石仅仅吃了一餐饭，上了一次厕所，扩音器里就报出了他要去的站名。车速慢了下来，黄石拿了自己的行李往门口走。可是火车忽然又加快速度飞奔起来，越来越快，简直像发了狂。黄石紧紧地抓着卧铺的梯子，可还是坐到了地板上。他惊骇地发现车厢里的乘客都在地上乱滚，给他一种末日来临的感觉。扩音器里在乱叫，像鬼哭狼嚎。但这种情况没有持续多久，火车猛地一下停住了，黄石的头上被碰出一个大包。他坐在地上被吓得半死。这时列车员过来了，将他的大背包扔到车门那里，骂骂咧咧地赶他下车。

幸运的是，黄石刚一出站那位黄伯就来接他了。一开始黄石还不敢认这位黄伯，因为他根本就不是什么高大英武的汉子，而是一个黑得像炭一样的瘦小老头。黄伯见黄石站着不动，就说：

“我刚接到你祖母的电话，说你可能会来，如果来了就要在茶园里住一阵子。你来了正好，我这里缺人手。”

黄石在心里嘀咕，祖母居然说他“可能会来”，多么可怕啊！

黄伯将黄石的背包放在那辆老旧的脚踏三轮车上，让他坐上去，自己就开始蹬车前行了。他们行驶在乡间小路上，黄石眼前展开的，正是他在火车上看见的荒原。

“黄伯，我们要走很久吗？”黄石问。

“不要多久，很快就到茶园了。”黄伯说，“今天你的运气真好，这么早就到了。如果天黑了，这条路就不好走了。”

黄伯慢悠悠地踩着车子，坐在后面拖厢里的黄石虽然对荒原感到新奇，可是不论他如何努力睁大了眼看，都看不到四周有任何活物。此地不但没有树木和房屋，连草都没有一棵，只有无边无际的褐土和大石头。天空里的黑云压下来，一会儿就到处都变得雾沉沉的了。

“到了。”黄伯一边下车一边说。

可是房子在什么地方？黄石睁大了双眼辨认着。

“黄伯，这里是您的家吗？”

“不，这里是茶园。你把背包放在拖厢里，我带你参观一下吧。”

黄石紧跟着黄伯，高一脚低一脚地往前走。脚下的路很不平坦。黄石心里想，这是荒原，茶园在哪里？

“它冷不防就出现了。”黄伯在前面大声说，“这里的烦恼是白蚁，为了将白蚁从茶树上引开，我们栽种了白蚁最喜爱的杉松。你瞧，围绕这一片茶园的全是杉松。嘘，别碰它们，白蚁会掉在你身上！”

但是黄石既没有看见杉松，也没有看见茶树。到处都是雾，他只能勉强看见黄伯的那件黄色汗衫。走了好一会儿，黄伯忽然叫他：

“石头！石头！快蹲下来！快……”

黄石连忙蹲了下来。他感到黄伯正在靠近他。黄伯抓住他的手，要他去摸身边的茶树。黄石摸到的是一些疙疙瘩瘩的树干，光秃秃的，像石头一样硬。黄伯说这就是茶树，因为白蚁不放过它们，它们早就不长叶子了。还说刚才来了一头野猪，也不知从哪里来的，这附近又没有山。

黄石感到很累，干脆坐在地上。

“石头，你躺下吧。这些白蚁现在有茶树吃，就不会来吃我们，要不然就很难说了。你听！”

黄石果然听到了沙沙沙的咬啮声。他同黄伯并排躺下了。

他一躺下，那些咬啮声就更响了，像在下雨一样。黄石有点害怕地蜷缩着身子。

“石头石头！你难道怕它们吃了你？”黄伯说着就大笑起

来，“它们是穷凶极恶，但绝对不会吃小孩。今年以来，我把满园的茶树都送给它们吃了。你瞧，有几只爬到你身上了，不过它们对你没兴趣，又走掉了。现在我的茶园成了白蚁园了。这里夜里很暖和，有时我干脆睡在园子里，因为这里可以消除疲劳。”

听黄伯这样一说，黄石果然感到旅途的疲劳已消失得干干净净了。在他们上面，浓雾已经消散，满天星光。黄伯说已经是午夜了。休息了一会儿，黄伯说到他家里去吃消夜，就站起来，要黄石跟他走。

“石头，你就不要去管你的行李了，我估计它已经成了白蚁的战利品。你不要觉得可惜，在这里生活就得一身轻，什么都不顾忌。”

黄石听了黄伯的这几句话，只觉得头皮发麻。

他俩在星光下的荒原里走了好久，后来黄伯指着前方的一个黑影，说那就是他的小茅屋，还说他要煮鱼汤给黄石喝。

小茅屋的确很小，只放了一张床、几张板凳、一个小圆桌，就转不开身了。黄伯让他躺到床上去休息，他到外面的灶上去煮鱼汤。黄石说自己身上太脏了，会把床弄脏的。黄伯就生气了。

“石头，你说我的茶园脏？你记住，那里是天底下最干净的地方！去，去躺一会儿，把旅途的秽气都彻底消除。刚才在茶园你已经洗了个澡，现在再洗一个就可以了。”

黄石只得和衣躺到床上去。他一躺下就入梦了。那些梦全都亮晶晶的，荒原却原来是花的海洋，黄石一边跑一边大声呼喊。他喊了又喊，怎么也忍不住。

后来有个人突然出现，将他绊了一跤。

“不要喊了，喝鱼汤吧。”原来那人是黄伯。

黄石喝了一口，汤里有股异香。

“这上面浮着的东西是什么，鱼油吗？”黄石好奇地问道。

“嘿嘿，是白蚁。喜欢吗？”

“喜——等一下，您是用茶树养了白蚁，然后供您享用？”

“石头，你别说得那么难听。我住在这荒无人烟的地方，总得吃点东西保持体力吧？我不可能将它们都吃光，我仅仅吃了很小的一部分。刚才你也看见了，它们吃茶树和杉松，它们过着无忧无虑的快乐生活。是我给了它们这种生活，你难道要我饿死？”

“您说得在理。可是我是一个外人，我也没为它们出力，凭什么我可以吃它们？”黄石沮丧地说。

“你很快就会为它们出力的，这个地方会使你产生兴趣。”

黄石一下子想起了祖母临别时对他说的那句话，就沉默了。

喝完白蚁汤，黄伯让黄石在床上睡觉。他说他更愿意到茶园里去同白蚁睡在一块儿，以便倾听它们的心声。他感到小家伙们今夜有点兴奋不安，也许是因为石头来了。他得去安抚它们。

“石头，你得学会随遇而安。”他站在门口回过头来说。

他悄无声息地走了。

黄石躺在床上，居然感到很满足，就像在家里时学校放假一天，又用不着做功课一样。他想，不是书包里的东西都被白蚁啃光了吗，还有什么事需要着急？黄伯说得对，他应该随遇而安。这样一想他又安心地入梦了。这里多么爽快啊，同老家相比，完全是另外一种生活。黄石又看见了花的海洋，不过这一次，他不再呼喊了。他边看边想，这些悦目的花儿，也许是由白蚁的排泄物滋养着的？

他睡到很迟还在睡，他听到黄伯在门口烧水、做饭，可他就是不愿睁开眼。此地太令他惬意了。

直到好几天之后，黄石才将这个荒原上的茶园的方向大致摸清。这些方向都是黄伯告诉他的。黄伯将他拉到一块形状怪异的石头旁，指着前方告诉他说，那是北边，他的家乡所在的方向。黄石眨着眼往前方看，只看见那些一模一样的褐土。后来黄伯又拉他到一棵光秃秃的死去的杉松旁，指着前方同样的褐土对他说，一直往前走就是火车西站。虽然记住了那块石头和那棵死树，但黄石感到，如果让他独自一个人回老家的话，他肯定会在荒原里迷路。

茶园真奇异，虽然所有的茶树，包括外围那些高大的杉松全都被白蚁弄死了，可是在某个没有雾的清朗的夜晚，它们会突然发光，那时荒原里就充满了一种节日的气氛。这时黄伯会变得非常激动，领着黄石在那些秃枝中间跑来跑去，大声惊叹着："啊，它们！你瞧，它们……"

黄伯对他的茶园感到特别骄傲。黄石想，他连一片茶叶都没见到，黄伯真是个怪人。黄伯知道他在想什么，就指点着死茶树对他说：

"你看见它们了吧，这都是茶的精魂啊。你今天早上喝的茶就是初生的那一拨，它们自愿献身，多么可爱！"

黄石盯着那些时隐时现的白蚁，看得发了呆，眼里流出了泪。

“不要伤感嘛，石头，要学会克制感情。”

黄伯这样一说，黄石心里就产生了一种冲动，他很想像黄伯一样躺到枯枝下面去陪伴这些忙忙碌碌的小动物。黄伯看出了他的意图，连连摆着手对他说：

“走吧，走！石头啊，它们还不太习惯你呢。不过你身上已经有了它们的气味，它们在回忆呢。”

黄石默默地绕着茶园行走，他没有地方可去，他想，如果他离开茶园，向荒原迈步的话，他就会迷路。他走了一会儿，回头一看，黄伯已经不见了，大概躺到那些枯树下面去了。茶园很大，黄石决定一直走下去，这样就总会回到原地，原地就是黄伯的小屋的所在地。

杉松和茶树的气味很好闻，虽然已经死了，给他的感觉却像还活着似的。也许它们真的还活着？白蚁在它们体内所进行的是一种什么样的活动？不知为什么，黄石突然想起了老屋里孤独的祖母。祖母说起话来就像她已经经历过了他现在所经历的一切似的。关于茶园，她知道些什么？黄石脑子里出现一个怪异的念头——也许祖母就藏在茶园里。

他的脚板被什么虫子咬了一下，他感到脚板窝里已经肿起来了。他脱了鞋查看，果然是肿起来了，针扎一样痛，再要走下去已经很困难了。

“石头，你被白蚁咬了啊。”黄伯突然出现了。

“白蚁怎么会咬人？”

“这里的白蚁就是咬人，它们脾气不小。说起来还是我把它们训练成这个样子的。”黄伯微笑着说。

脚心越来越痛，黄石龇牙咧嘴地呻吟。

“心里不要躁，”黄伯安慰他说，“哈，又有三只爬到你脚上了，你让它们再咬几口吧，这是见面礼。怎么样，好了吗？我看它们不讨厌你，好，这下好了……石头，试着站起来看看。”

黄石真的站起来了。黄伯拍着他的肩头说：“好样的。”

茶树的间隔里放着一担水桶。黄石心里想，死茶树怎么还需要浇水呢？他听见黄伯在说：

“它们死了吗？当然没有，它们活得很滋润。再说白蚁也要喝水。”

“黄伯，您让我去挑水来浇茶树吧。”

“石头，你着急要干活了啊？好，你去挑水吧。来，站到这棵杉松旁边来。往前看，看见一团亮光没有？你数脚步，走一千步就到那里了。那是一个水潭。”

黄石并没有看见一团亮光，他挑着空水桶上路了。他在心里数着脚步，生怕数错。他的脚板还有点痛，可他不敢停下来，担心一停下来就会弄错方向。数到后来，他就大声喊出了声：

“八百七十六，八百七十七，八百七十八……”

他有没有走偏？不，不能回头看。

“九百五十四，九百五十五，九百五十六……”

啊，他终于走完了一千步！他回转身去，发现自己已经看不到那棵杉松了！可是水潭在哪里？

还好，水潭就在不远处。水潭很美，碧波荡漾。它令黄石感到疑惑：这么美的水潭怎么会出现在丑陋的荒原里？他将水桶灌满就往回走，边走边大声数脚步，决心让脑海里空空的。

他走出没多远，就听见身后发出了巨大的水响，像是瀑布从天上落下来一样。

“二百三十六，二百三十七，二百三十八，二百三十九……”

他声嘶力竭地喊道，决心不回头去看。

后来他终于看到了杉松，也不知是不是黄伯说的那一棵，反正茶园是到了。他放下水桶，心里升起自豪感。

“石头，你快去吃饭，等我来浇水。”黄伯笑眯眯地说。

黄石这才发现小屋就在右手边不远处。

坐在饭桌边，黄伯对黄石说：

“我每月一次到火车站旁边的小镇上去买粮食和日用品。那里有个收购站，收购晒干的白蚁。他们给的价格相当不错。收购站的老板很有趣，石头，你下次同我一块儿去见他吧。”

“收购白蚁？白蚁死了吗？”

“有集体自杀的事发生，场面很英勇。”

“自杀？为什么？”黄石瞪大了眼。

“不为什么，大概就是想体验吧。每个月都有一次。”

“我很想看。”

“过些天吧。我把这叫作演习。通常的做法是，我将一木盆水放在茶园里，到了午夜时分，它们就来了。它们秩序井然，一点也不慌张。”

“那么，最初您是怎么知道它们有这个愿望的呢？”

“很偶然。有一次我把装着水的木桶放在园子里忘记了，然后事情就发生了。它们的数量那么庞大，结果白蚁比水还多！石头，你想象得出那种情形吗？我为这件事苦恼了好几天。最后，我理解了它们。”

黄石听得头皮发麻。他草草地吃完饭，说要一个人去外边待一会儿。黄伯若有所思地看着他，像在回忆什么事。黄石觉得黄伯是在回忆他的祖母。祖母同黄伯从前是什么样的一种关系呢？为什么祖母会认为她的孙儿适合在这种阴森的地方生活呢？

黄石躺在那棵光秃秃的杉松树下。大约这个时候白蚁还不太活跃，周围呈现出死一般的寂静。黄石的脑海里反反复复地出现白蚁自杀的场景。那些密密麻麻的尸体当中渐渐地露出一张人脸。有一刻，黄石感到自己就快看清那张脸了，但到了下一刻又模糊了。

“石头啊，那是你奶奶呢。”

黄伯在他旁边说话。却原来他就躺在他旁边。

“黄伯，您能看到我脑海里的影像吗？”

“是啊，石头。我不会久于人世了，快死的人什么都能看到。”

“您——快死了？不可能！”黄石边说边坐了起来。

“这是真的。你想想看，你奶奶为什么叫你来？”

“为什么？为什么？是让我来接您的班吗？”

“你猜得对，石头，你真了不起。”

杉松树干里头的白蚁又开始喧闹起来，咬得木头嗞嗞作响。

黄伯躺在地上看着他旁边的黄石，脸上显出满意的表情。

“石头，你还记得水潭的位置吗？”

“应该记得——我可以数脚步。”

“好样的！我明天带你去火车站旁边那个小镇。你现在先到屋里睡一觉吧。”

黄石回到小屋。可是他没有睡意，黄伯告诉他的内幕既让他绝望又让他有点自豪。难道这里的一切都要归他来打理了？他，一个小毛头，还要过一个月才满十四岁，将会成为这个茶园的主人？啊，多么古怪的一个茶园！如果不是亲身经历，谁又会相信这些事？

他在床上看着天花板，想着今后的生活，一惊一乍的。

最后他果断地下床了。他得劳动，园子里有干不完的活。

他走出门，一眼看见黄伯靠着那棵杉松坐在那里。

“黄伯，您生病了吗？”

“嗯。不过没关系，石头不是来了吗？”黄伯朝他做了个鬼脸。

两个星期以后，黄伯带着黄石去了火车站附近的那个小镇。

小镇上只有一条街，卖各种日用品和杂货，还有粮食和干果、干鱼、干笋子等。黄伯每样买了一些，放到他的三轮车拖厢里。火车进站时，便长长地鸣笛，在黄石听来，那声音惊天动地，他害怕地捂上了耳朵。

“石头，这么快就想回家了吗？”黄伯嘲笑地问道。

“您觉得，我奶奶在家里会寂寞吗？”

“好孩子，不会的。她老人家只要一想到你在我这里，就会编出很多故事来讲给自己听。”

黄石听了这话，立刻回忆起祖母的一个习惯，那就是每天半夜高声地自言自语。那时她常将幼小的黄石吵醒，他会因为害怕哭起来。

“原来我奶奶的那些故事都在您这里啊！”

“这是我同你奶奶的秘密，现在被你知道了。你奶奶这辈子最喜欢的，就是荒原里的生活。可惜她现在太老了，不再能适应这里的生活。”

“那么我的父母，也是去了荒原？”

“大概是吧。”

说话间他们的三轮车已经到了收购白蚁的批发站。

老板是个四十来岁的、皮笑肉不笑的男子。他将牛皮纸袋里面的干货看了又看，闻了又闻，最后还撮了一点放到嘴里嚼起来。

“老黄啊，你是个人物！”他闭着眼说。

最后，他睁开眼，严肃地问黄伯：

“货源充足吗？”

“没问题。”

“是不是太乐观了？我看你最近精力不足啊。”他斜睨着黄伯说。

“你瞧，这不是来了帮手吗？”

“嗯，看上去还嫩得很。”

老板从钱柜里抓了一大把纸币交给黄伯。黄伯一走出批发站就告诉黄石说，老板是个吸血鬼，一盯上谁就绝不放过。黄石注意到他说这话时满脸全是赞赏的表情。

“他今后也会来吸我的血吗？”黄石问。

“是啊。我看你有点迫不及待了。石头啊，你可要悠着点，干我们这一行的，要做终生打算。”

黄石一回头，看见那老板正站在批发站门口看他们的背影呢。他不由得有点害怕。他告诉黄伯，但黄伯蹬着车，头也不回地向前冲。

“那家伙是个大流氓，不过倒是很讨人喜欢！”黄伯大声说。

“为什么您不将家里的干白蚁都带来呢？”黄石不解地问道。

“傻孩子，凡事要留有余地嘛。你还没领教过这种人的贪婪。”

坐在车上，黄石感到很欣慰——他们满载而归。今后即使他留在茶园，生活费用也不会有问题。但当他一想到生活费用是来自那些自我牺牲的白蚁，心里仍有些别扭。

“黄伯，您是如何想到要将茶园变成白蚁园，然后以此为生的呢？是心里偶然生出的念头吗？”黄石问了这个憋了许久的问题。

“这恐怕是几代人的想法吧。我只是悟到了祖先的意图罢了。”

“哦，原来是这样啊。”

黄石并没有听懂黄伯的话，但他觉得黄伯不愿细说这件事，所以他也就不追问下去了。

回到茶园，黄石就帮着黄伯烧火做饭。黄石注意到那些柴火都是茶树，就问黄伯，怎么会有这么多的死茶树？黄伯回答说，茶园太大了，茶树总是一批一批地死去，所以他从来不缺柴烧。

“如果你给它们浇水，它们不再喝水，那就是死了。再有就是它们只要一死，白蚁马上就跑出来了。”

“是它们自己决定要死的吗？”黄石问。

“应该是吧，要不谁能为它们做决定？我将死茶树挖掉，再种上新的。新来的茶树很快感到了这里的氛围，两天之内树叶就掉得干干净净，变得同周围的茶树一个样子了。”

柴火发出好闻的香味，黄石为这些茶树惊人的意志所倾倒，竭力地想象着它们临终前的种种形象。

“黄伯，镇上的收购站总不会关门吗？”

“当然啦，石头，那收购站就是为我们开的嘛。”

“太好了！真令人感动！”

“你没注意朱老板吃白蚁的样子吗？他可是个老手。”

“他好像对我不太满意。”

“你错了，石头，他会对你越来越欣赏的。我们走着瞧。”

那顿饭吃的是笋干炒腊猪肉。黄石吃得头上冒汗，口中香喷喷的。他感到茶园里的生活太幸福了，难怪祖母说这里天天出太阳。

“黄伯，明天您休息，让我去挑水。”

“心疼你伯伯了吗？我一时还死不了的，石头。对我来说，干活就是最快乐的事。因为我老睡在茶园里，就得了风湿病。”

“可伯伯为什么要睡在茶园里呢？”

“为了过瘾啊。我忍不住，所以我没把我这一生计划好。”

那天夜里，黄伯还是睡在茶树下。黄石在夜里听到黄伯在叫他，就连忙起来跑到茶园里去。当他找到黄伯时，看见黄伯的一边脸紧贴着杉松的树干。他睡得很香，大概他的梦同那些白蚁快乐地交织在一起。很显然，喊黄石名字的那个人不是他。那么是谁呢？

黄石也想过把瘾，他找了一棵比较大的茶树，躺在它旁边，然后将耳朵贴到树干上。一开始他只听到白蚁啃咬的沙沙声，很单调。他想，黄伯说白蚁的数量不断增加，茶树的数量却没有变。那么，这些茶树怎么总也吃不完？也许这些茶树，还有杉松的再生能力极强，吃了又长出来，吃了又长出来……黄石想着这件好玩的事就睡着了。当他被咬醒时，差点发了狂——他跳了又跳，脱下衣服使劲抽打全身，直到将那些小动物全打落在地。他感到脖子那里肿起来了。用手电一照地下，数不清的白蚁尸体让他全身起鸡皮疙瘩，它们堆了一大片，足足有一寸厚！看来它们是相互攻击，战死沙场。为了什么呢，也是为了过瘾吗？

黄石蹲在那里，将那些尸体全都捧到衣服上包起来。他要将它们带到小屋里，然后放进牛皮纸袋里去风干。他对它们抱有一种复杂的心情，不知道是该怜惜还是欣慰。也许都不该，他还没能理解它们，他和它们相处的时间太短了。

黄伯消失了。在寂静的夜里，黄石有时听见黄伯在叫他。

秘　史

我所居住的晶街是一条窄窄的长街，街上有好多家咖啡店和茶室。我坐在三楼的书房里，可以看到马路对面那家“岛”咖啡店内部的情景。这家小咖啡店的生意不错，几乎总是满座，我也是这家店的常客。我在心里暗自将这家店的老板赫岛称为“完美的男子”。他大概六十岁出头，面相亲切，脸刮得很干净，身材属于清瘦的那一类。他来我们晶街开店已经有四年了，从第一次看见他起，我就为他所吸引。人们说他是个鳏夫，可是从他整洁大方，甚至很有范儿的穿戴来看，他却像个有家室的人。毫无疑问，他热爱他的工作。光顾这里的都是些老顾客，我们大家都叫他“赫爸爸”。据说他住得比较远，来晶街的途中还要换乘一次公交车。但如我所知，他的小店每天开放。他有两个帮手，那两个男孩常常不如他来得早。店里每天都是九点准时开门，节假日也不例外。

“赫岛没有别的爱好，开咖啡店成了他唯一的娱乐。”

晶街的一位老邻居对我这样说，口气里头有点贬低的味道。

“有这样的爱好真不错。我能理解赫爸爸。”我说。

去他店里的大部分是年轻人，偶尔也有几位老人。因为常见面，大家都很熟，见了面就点头示意。这真是种惬意的享受！现磨的、原汁原味的咖啡，亲切的服务，柔和的灯光，还有古典名曲……有时候，我把工作也拿到店里去做，当然是在不太忙的时候。只为一边工作一边享受。赫爸爸很支持我的这种行为。“该享受就享受。”他说，“一边工作一边享受是最高境界。”他这样一说我心里就想，他是能够影响别人的那种人。瞧他的笑容，那种深深理解的目光……

在赫爸爸开店的第二年，我生了一场重病，从医院回来后很长时间没有出门，只有我的老保姆每天来看望我一次，为我送食物。就在我快要痊愈时，有一天，我听到门外的脚步声，然后门就被敲响了。

是赫爸爸，他手里拿着一束玫瑰花。我几乎要掉下眼泪。

他一边坐下一边有些拘束地说：

“卓山，你不见怪吧？我实在太担心你了。我问了你的老保姆，直到你现在快好了我才敢来。”

“为什么见怪呢？我一直想请您来家里聊天，但您那么忙，我不好意思开口。谢谢您，赫爸爸，除了我的老保姆，您是唯一一位惦记我的人。可我从来没有帮过您什么忙。”

“嘘，不要乱说。你常去我的小店，这不是帮忙是什么？我喜欢你这样的年轻人，你那么爱你的工作，所以我受你的影响，工作起来也特别有劲头了。有时我会产生幻觉，觉得自己不是六十二岁，而是四十二岁。瞧我多么啰唆，老年人就是这样。”

他说话时一直微微地笑着，他身上的咖啡气味特别好闻。我在心里叫了他好多次“赫爸爸”。

那天下午我们谈了将近一个小时的话。赫爸爸告诉我，他年轻时的梦想是做一名飞行员，但始终未能如愿。他做了些其他工作，最后，在他退休后，他成了咖啡店的小老板。“我迷上了这个工作。”他哈哈一笑。

“我们都迷上了您，赫爸爸。您是名副其实的美男子。”

“你过奖了，卓山。”

他走之后，我的老保姆的儿子敲门进来了。他叫一新。

“我妈妈明天要出门，由我来给你送饭。”一新说。

“谢谢你，好一新，可是我已经不需要送饭了。你瞧，我完全恢复了。明天太阳出来的时候，我就要去公司上班了。”

“啊，卓山哥，我不能不给你送饭啊！这是我妈妈交给我的任务，你知道她有多么喜欢你，再说我也一直盼望来做这件事！刚才我看到赫爸爸从你家里出来，我心里别提有多激动了！卓山哥，你就答应我吧。既然你上午要上班，我下午六点来，可以吗？”他眼巴巴地望着我说。

一新意外的坚持让我感到有点吃惊——这孩子怎么啦？

“好吧。”我说，“一新，你可以告诉我赫爸爸为什么让你激动吗？”

“因为他不是一般的人，他是赫爸爸呀！我之所以明天非来不可，就是为了来同你谈论他！他是一个谜！唉，我忍不住了，告诉你算了：赫爸爸在郊区的家中喂养了一只金孔雀！”

一新刚一说出他的秘密就后悔了。他在自己脸上打了几巴掌，说自己是个多嘴的人，必须马上离开。他明天来的时候，别指望他会再谈起金孔雀的事，因为这件事完全是他在信口开河，他想显摆自己同赫爸爸的亲密关系，就编造了一件离奇的事来乱说。

他离开之后，我的情绪被他完全搅乱了。我凭直觉感到，今天这两个人的拜访背后应该有故事。并且这个小鬼头一新，也许是他自告奋勇向他妈提出要给我送饭。他俩为什么来我家？就因为我生了一场重病，这场病把我的人生同他们联系起来了吗？金孔雀又是怎么回事呢？我在一些年轻人当中听到过关于金孔雀的传说，据说是一个极为稀有的品种，在全世界不会超过十只。这种全身金光闪亮的孔雀住在南方的森林里头，根本就不能家养。也许一新是在耸人听闻，他为什么要这样说？他同赫爸爸之间到底又是什么关系？

深夜，我朝街对面望去，看见那咖啡店的楼上居然还有灯光。这是怎么回事？难道赫爸爸没有回家？这种情况以前从来没有过啊。我隔了一会儿又去看，那灯还是亮着。后来我就迷迷糊糊地睡着了。

第二天早上起来我感觉很清爽，于是自己做了早饭吃了。收拾了一下房子，我就下楼去“岛”咖啡店了。

赫爸爸像往常一样在柜台后面忙着，他朝我点了点头，就跟随我来到了桌旁。他说我病刚好，还不能喝咖啡，那么来杯绿茶吧。

“有人盯上了我，是不是想要我的生活同他的生活交叉？”

他垂着双眼说了这句没头没脑的话。

“赫爸爸，您是不是说一新？”我问他。

“你的老保姆的儿子？不，不是他。他还那么年轻。”

这一刻我感到赫爸爸说出的话很难懂，完全不像他平日的风格。

一会儿我的绿茶就来了，是上等的龙井，喝起来通体舒适。但我坐在那里总感觉到有点异样，就仿佛我同赫爸爸之间就某件事建立了某种联系，却又没有最后达到目的似的。我的目光四处搜索，我看到那些顾客都同平时一样在享受他们的咖啡，两位服务生也像平时一样殷勤。唯一有改变的人是赫爸爸。赫爸爸面露焦虑，隔一会儿就看一下腕表。我记起了他通宵未眠的事。看来他生活中发生了一件大事。啊，但愿不要有不好的事落在他头上！我想起了一新所说的金孔雀，那幸运之鸟应该会保护他。

我正准备站起来回家时，一新灰头土脸地冲到了店里。

“赫爸爸！赫爸爸……”他匆匆地叫着。

然后他们俩就躲到柜台后面去了。他们好一阵都没有出来。

我只好回家了。我一到家就冲到窗前去张望，但什么都没看到。

到了下午六点钟，一新并没来送饭，我又等了一会儿，他还是没来。我觉得这事同赫爸爸有关。七点多钟的时候，我下楼去饭馆吃饭了。

我在小饭馆看见了同事小南，他朝我微微笑着，一脸期盼的样子。我走过去坐在他旁边。

“说说你的遭遇吧。”他说。

“遭遇？我没遭遇什么啊。你是指我生病？”

“别装了，我已经听到议论了。你不想说？不想说就算了。”

他将碗筷一扔，愤愤地离开了。

我一边吃饭一边回忆昨天到今天发生的事，但怎么也理不出一个头绪来。我生病了，赫爸爸来探望，同我聊天，送了玫瑰花。随后一新来通知我，说今天要来给我送饭。上午赫爸爸的反常举动，一新的闯入，两人躲在柜台后面。一新的失约。小南说得不错，这些琐事当中有一条线索将它们连起来，连起来之后很可能是落到我头上的一种遭遇。但我怎么去将它们之间的联系找出来呢？除非我主动介入别人的生活。但那并不符合我的性情。

走出饭馆后，我的心里还是没有平静下来。我在外面溜达，朝着宠物市场那边慢慢走。不知为什么，金孔雀的形象在我脑海中出现了。或许是它在扰乱赫爸爸的生活？或许一新的激动点就在这动物身上？同事小南听到了什么议论？这事已经传开了吗？只有我蒙在鼓里？

宠物市场的鸟类品种不多，倒是真的有两只孔雀，不过这两只都很丑，营养不良，尾巴都差不多秃了。我问小贩有没有见过金孔雀，小贩扫了我一眼，高傲地回答说，他这两只就是金孔雀。他还说动物也像人一样不可貌相，丑小鸭还可以变天鹅呢。当小贩说话时，我突然感到一股暖流在胸中涌动。我想起了赫爸爸，此刻我感到他是我的亲人，比亲人还亲。为什么小贩一说这种话，我心里就会升起对赫爸爸的爱？或许金孔雀在这个谜团里面确实起着决定性的作用？

我的病好了之后，老保姆再也没有来过我家里，倒是一新有时会来拜访。

一新总是垂头丧气的样子。他一进屋就倒在那把摇椅里头，揉着太阳穴说自己已经累得半死。他在月季花旅馆做前台登记。我问他是不是因为旅馆的生意太好，所以工作忙。

“好个屁！”他一下子爆发了，“如今这经济形势，没几个顾客，我都想辞职回家了呢！可我又不能回家，那件事纠缠着我。”

我问他什么事将他弄得如此疲惫，他又闭口不谈了。

后来又过了两个月，我发现一新的模样越发萎靡不振了。经过我反复追问，他才告诉我缘由，却原来还是因为赫爸爸的金孔雀。

据一新说，赫爸爸的确养了一只金孔雀，但那只金孔雀却又可以说并不存在——就是这种矛盾使得一新差不多发了疯。这种情形差不多已经有两个月了。

我就进一步问他这到底是一种什么情况。

“是这样的——赫爸爸养的那只孔雀对人很警惕，就连赫爸爸自己也很难接近它。它是一只异常高傲的金孔雀，赫爸爸将它养在他家后面特地搭起的一个棚屋里，没有任何同类与它做伴，因为据赫爸爸观察，它讨厌同类。即使是赫爸爸也只能离得远远的用望远镜观察它。他形容它是稀有品种当中最稀有的一只。令人匪夷所思的是，它居然是自己走进他的家门的！

它进屋后，就钻进厨房里一个烧柴的灶洞，不肯出来了。赫爸爸无计可施，第三天才请人搭了那个木棚，将鸟食放进棚子里。这一招还真灵，金孔雀在半夜神不知鬼不觉地住进了木棚。从那时开始赫爸爸对它进行了长达三年半的精心喂养。据赫爸爸说，它是一只雄孔雀，但又并不发情。它有时在黎明前开屏，它开屏时会出现异象——有金色的火球从它的尾部飞向天空，像放焰火一样！它开屏的地点总是在它住的木棚前面的草地上，似乎从来没有改变过。以前它失踪过两次，时间都不长，两天多一点，不到三天它就若无其事地回来了。赫爸爸是有工作的人，不能去寻找它，只能等待。今年以来，金孔雀失踪的次数多起来了，从一个月两次发展到最近成了一个星期两次。我同赫爸爸早就是密友。有一次，我在他家附近偶然发现他在用望远镜观察金孔雀。当时的情景令我无比震惊，接下来我同赫爸爸之间就发展出了一种比友谊更浓的‘老少恋’，我和他因为金孔雀的存在而分不开了。长话短说吧，最近情况恶化了，金孔雀已经失踪一个多星期了，任何地方都找不到它的踪迹。我告诉你一件事，你可不要笑我：我老以为金孔雀有可能是一个人变的，以为它之所以失踪是还原为人了。所以上次我看见赫爸爸到你家去，我还以为你就是那只鸟儿呢！你不会生我的气吧？所以后来我没去给你送饭，我欺骗了你，我真该死！”

“不要紧，一新，你继续说吧。”我安慰他说。

“啊，我不想说了，你已经知道结果了，金孔雀不见了。我和赫爸爸都不能没有它，我们这些日子就像是在地狱里煎熬一样，你能明白吗？”

他两眼发直，表情像精神病人一样。我不忍再追问他了。

我起身为一新烧了一壶茶，当我将茶杯递给他时，我的手碰到了他那只冰冷的右手，我吓了一跳。这时我心里很快地产生了一种感觉——我已经成为他和赫爸爸的同谋了。这就仿佛是理所当然的一样，我生病时赫爸爸不是来看望我，还带了玫瑰花吗？这个愣头青一新，不是将我当成他们的鸟儿了吗？世上有很多不解之谜，如果有几个人同猜一个这样的谜，这几个人便自然而然地成了亲人。一想到一新将我看成金孔雀的化身，我就激动不已！要知道他可是目睹过金孔雀放焰火的人啊。我问他为什么半夜到赫爸爸的家门口去转悠，他回答说还不是因为闲得无聊嘛，一无聊就会不想活了嘛。我听了大吃一惊，这小伙子对生活这么严肃！

“为什么你会认为我是那只鸟儿？”我声音颤抖地问。

“因为赫爸爸去你家了嘛，因为每个人都有可能是它嘛。”

我一会儿觉得他是随口回答我的，一会儿又觉得他的话阴森森的。这个一新，我的老保姆的儿子，怎么像是魔鬼附体了似的？

他走了。我走过去仔细检查他坐过的摇椅，立刻就闻到那里头喷出一股鸟类的气味，而且垫子上还留下了细小的羽毛。

为什么是他？为什么不是赫爸爸？赫爸爸究竟是什么人？他的金孔雀的故事是真还是假？如果是假，一新怎么会如此走火入魔？

赫爸爸送来的那束玫瑰立在窗台上的水瓶里，每一朵花儿都生气勃勃，好像根本不会枯萎似的。它们向我诉说着所发生的事，可我听不懂。

我终于失眠了，大概是从一新那儿传染的。

有一个声音老在我耳边说：“你去死吧，卓山！”

那声音有点熟，但绝对不是一新的，更不是赫爸爸的。我说过这两位已经成了我的亲人。我现在有了一个弟弟，一个鸟人；还有一位慈父，也许他是魔头，但还是我的爸爸。

我开灯看了一下墙上的钟，四点钟了。反正睡不着，还不如到外面去走走，透透气也好。

我穿衣服时无意中透过窗玻璃向下面望了一眼，不由得打了一个冷噤——“岛”咖啡店的大门敞开着。

我下楼，走进咖啡店。里面只亮了一盏灯，赫爸爸坐在柜台后面记账。最里面那张桌子的桌旁坐了一位年轻的姑娘，姑娘一动不动，面对着一杯咖啡和一束插在花瓶里的玫瑰。她是谁？是赫爸爸的小情人，还是一位失恋者？我刚要从店里退出就被赫爸爸喊住了。

“卓山，睡不着吗？我们聊聊天吧。”

他从柜台后走出来，将我领到姑娘所坐的那张桌子跟前。

“这位叫金樱子，是我的小朋友。她失恋了，她每天夜里都失恋。”

我听了赫爸爸的介绍，脑子里像闪电似的出现一个念头。

金樱子像没听见似的，面无表情。

赫爸爸去煮咖啡了。我看了一眼面前这张惨白的脸，害怕起来，就一边起身一边说了声对不起，很快地钻进了赫爸爸的制作间。

“赫爸爸，金樱子的情人也是您的鸟儿吗？”

我提这个问题时紧张得发抖，紧盯着赫爸爸。

“对啊，也是它。这不是很美吗？”他说。

“那么，是您将它藏起来了吗？”我喘着气问道。

“不对，卓山。一新没告诉你吗，它是不会让我靠近它的。好了，卓山，我们去喝咖啡吧。”

金樱子还是坐着没动。赫爸爸凑过来在我耳边悄悄地说：

“她看见了它。”

不知道是不是幻觉，我觉得那女孩微微地笑了一下，又恢复了面具似的表情。莫非她只有坐在这里，才能看见那只魔鸟？莫非这玫瑰花是道具？哎呀，赫爸爸，赫爸爸……我泪眼蒙眬地看着他。

后来女孩就站起身，像梦游一般地走出了咖啡店。

她一出去我就松了一口气。赫爸爸点点头，示意我喝咖啡。我喝了一口，啊，真是回肠荡气啊！

“赫爸爸，您是一位魔术师，我爱您。”我冲动地说。

“嘘！”他将食指放在嘴唇上，示意我别说话。

我边喝咖啡边凝神细听，但什么声音也没听到。我想，这大概是因为我的世界里噪声太多了吧。赫爸爸一脸严肃，我觉得他听到了他想要听的声音。他坐在这里，腰杆挺直，充满了活力，看上去大概比我年轻多了吧。我心中羞愧，有点坐不住了。

“金樱子小姐走到了小桥边，她在那里看见了……”赫爸爸在低语。

制作间里面发出一声锐响。我和赫爸爸同时站起来，但赫爸爸命令我待在原地。他进了那间房就再也不出来了。天大亮了，我看见金樱子小姐从街上走过，青春勃发的样子。

我只好同赫爸爸不辞而别了。

我在下班回家的路上遇见了金樱子小姐，她热情地同我握手，我注意到她敞开的外衣口袋上插了一朵玫瑰花。

“您在找什么呢？”我看着她的眼睛问。

“不知道，这种事要问赫爸爸。不过一般来说，一位年轻姑娘半夜出门，应该是去寻找爱情吧。您不也是吗？”她朝我眨了眨眼。

“是又不是……”我困惑地说，“我爱赫爸爸，可我又不懂他，这种爱很盲目。”

“我也爱他，他就是能促使人去寻找爱的人。您不觉得他太严肃了吗？他手里有根鞭子。”她扑哧一笑。

“您的形容太准确了。”我由衷地说。

金樱子小姐同我告别，从另外一条路走掉了。我盯着她那潇洒的背影，回想起那天夜里她在咖啡店里的情景。街边有一位妇女在给她的婴儿"收魂"。她一边走一边喊婴儿的名字，喊得那么凄凉。也许赫爸爸是在为我们收魂？我们这些人到了夜里就会有这种需求。那咖啡店，是黑沉沉的大海中的灯塔。一想到赫爸爸夜里不睡觉，白天仍要精神抖擞地打理咖啡馆，我就觉得不能理解他。他到底是什么材料做成的？还有更重要的：他的金孔雀回来了吗？

今天晚上赫爸爸的店里人来人往，我看见那里面增加了好多张桌子。本来我打算让我同赫爸爸的亲密关系冷下来一点，可我又忍不住下楼了。

"卓山来了！我给你安排一位女朋友好吗？"赫爸爸说。

"不用了，谢谢您。我很烦，一杯咖啡就够了。"我摆摆手。

"小伙子啊，怎么能这样？你看看来店里的人，全是一对一对的。"

赫爸爸皱紧眉头看着我，于是我屈服了。

赫爸爸领来的女孩很漂亮，手里拿着一根孔雀尾巴上的羽毛。她将羽毛放在桌上的花瓶里就坐下了。

"您是孔雀公主吗？"我凑近她问道。

她矜持地点了点头。

那支羽毛散发出浓烈的气味，令我感到昏昏欲睡。幸亏这时咖啡来了，我请女孩同我一块儿喝。啊，人生的最大享受！我们相视一笑。

“我感到您不习惯我身上的气味，”她悄声说，“可这是赫爸爸的馈赠啊。我被卷进去了。”

“什么？”我压低声音吃惊地问，“您在讲故事吗？”

“当然啦，来这里的人都在讲自己的故事嘛。我想，您会慢慢地习惯的吧。不过您得经常请我喝咖啡。”

“习惯什么？”

“气味嘛。您一定经常闻到吧？”

我点了点头，更加昏昏欲睡。店里的灯暗下来了，我感到女孩在往我身边凑。她说桌子下面有什么东西，我就用脚去探。我探了几下，什么也没探到。我的眼皮打架了，却听见女孩在尖叫：

“我决不罢休！！”

于是我一下子清醒过来。她问我愿不愿意同她走，我点点头。

外面很温暖，是令人想入非非的夜晚。我和她走出晶街，又过了两条街。最后，我们在皮匠街停下了。皮匠街到处是即将拆迁的旧房子，那些公馆的老围墙东倒西歪。女孩不知从哪个角落里找出一把二齿锄，命令我去挖那堵墙。我说我不想挖，她就发怒了，疯狂地挥动二齿锄。那老墙轰的一声坍塌了，我和她刚好来得及躲开，我俩成了灰人。当那些灰尘慢慢地沉下去之后，在温暖的南风里，浓烈的鸟毛的味道再次袭来。我感到我们周围站满了巨型大鸟，但我看不见它们。

"是金孔雀吗？"我脱口而出。

"傻瓜！"她说。

我听见她的脚步声远去了。

公馆里走出一位矮小的女人，手里提着灯笼。

"为什么您不追上去呢？现在已经晚了。"她说。

"可她到底是谁？"

"您不该问这种事。我送您回去吧。"

她提着灯笼走在前面，带我走出那片废墟，然后她就不见了。

现在是我一个人了，路灯也灭了，黑暗吞没了我。我用力跳了几下，想弄出些响声来。可是我的脚落在地上时一点声音都没有，真糟糕！

我应该凭着记忆摸回家，可是周围没有参照物，我的记忆不起作用了。不起作用就不起作用，我胡乱走吧，总会走回去的。

“卓山，你急什么呢？让我们享受这黑暗吧。”

说话的居然是那位孔雀公主，她就在旁边。

“太好了，公主。是不是只要想起赫爸爸的鸟儿，您就马上变成了它？”

“您真聪明，反应真快。您摸摸我的羽毛吧。”她说。

我摸到了那些粗糙的鸟毛，心里想，为什么它们不发出金光？

“我知道卓山你在想什么，可我就是它。”

“那么，一新也是它吗？”我想起来问。

“一新也是它。现在您感到幸福吗？”她说。

“幸福？我说不清。我感到有点热。哈，我看见它了，它在那边屋顶上！啊,真是它！我真幸福！您是另外一个它吧？”

“我就是屋顶上的那一个。”

“可是现在它不见了……我摸到了，这是尾巴！多么好闻的气味！多么贴心啊！”我觉得浑身发热。

我刚说完这些话，就发现自己站在晶街了。

我经过咖啡店时，看见里面人很多。已经是夜里两点钟了，他们还没有要回家的意思。我又发现这些年轻人都伸长脖子去看那面墙，难道他们是在看我今夜看到过的景象？

我上楼时，闻到楼道里也有鸟儿的气味。

站在窗前，凝视着“岛”咖啡店，我心中充满了对赫爸爸的爱。

“卓山，好小伙子，找到爱情了吗？”

居然是赫爸爸来了。他往摇椅里头一坐，闭上眼，说要休息十分钟。

“那位孔雀公主不错吧？”他又问。

“我不能确定我对她的感情……”

“干吗要确定呢？没人会不爱她。”他这样一说，我心里就真的对那位女孩荡起了激情。我的脸在发烧了。可为什么先前我对她完全没有这种情感呢？

“我要下去了，他们都在等我呢。”他站起来同我拉拉手，他的手像冰一样，“今夜这些孩子耗尽了我的心血。”

他一离开我就去看那摇椅，但摇椅里什么都没有，也没有鸟的气味。他刚才说他的心血已经耗尽了，莫非他自己才是金孔雀？当我这样想的时候，我就觉得自己的腋窝里弥漫出鸟儿的气味了。对，一定是他，他将心血灌注到我们这些青年的身体里头了。我开始了狂想，我想象几百年前，他的祖先就生活在这里，那时这里还没有城市，是一大片森林……要不然，我们大家怎么会无一例外地爱他，为他着迷？他是从森林里来的，也许有一天，他还会回去？

已是下半夜，我终于睡着了。但没多久我又惊醒了。我起身到窗前去张望，看见对面的“岛”咖啡店里黑洞洞的，看来赫爸爸回家了。不对，并不是黑洞洞的，有什么东西在里头一闪一闪地发光！

我穿好衣服下楼，来到店门口，透过玻璃门向里面看。

“卓山，你的心思真重啊。我今夜睡在店里，睡不着，就起来走走。”

他打开门，让我进去坐坐。

我一坐下就被鸟儿的气味包围了，我快乐得全身一阵阵颤抖。

“刚才是什么东西在店堂里一闪一闪地发光？”我问。

“一闪一闪？应该不是我吧。你怎么看，卓山？”

“我觉得可能就是您在发光，赫爸爸。”

赫爸爸没有开灯。我听见他用手在衣袋里摸索什么东西。

“是鸟蛋。”他告诉我，“我正在孵小孔雀。”

啊，这温暖的羽毛的味儿！还有外面街上南风吹过发出的低声细语！当然，这绝不是梦，而是最美妙的时刻！

“赫爸爸，您、您是怎么……怎么到我们当中来的？”

当我语无伦次地问他时，他正在笑。是无声的笑，我感到了。

“我本来就是晶街的居民，很久以前，我在这里卖过茶叶蛋。后来我同一只孔雀结缘了，这并不奇怪，我本来就喜欢鸟儿啦花儿之类。”

“赫爸爸，我觉得——也许我没有资格坐在这里。”

“瞎说，我这个店就是为你这样的年轻人开的嘛。”

赫爸爸让我回去睡觉，说马上要天亮了。

回到家里，我往床上一倒，像死过去了一般。

第二天下午我才醒来，醒后仍激动不已。

我是在郊区一座废弃的庙宇门口遇见一新的。一新蓬头垢面，但显得精神很好。

“卓山，我的事有着落了。它就在那边那个墙洞里……它没有出来，只是露出了它的头。那当然是它，绝对是它，它还没有发光，因为还没有到时候。”他说话时表情狂热。

“我猜，这一位是你的它，对吗？恭喜你！”

“你想见见它吗？”

“它欢迎我吗？”

“其实啊，它最想要别人看见它。不过它不喜欢被人从近处观察。没关系，你可以使用我的望远镜。”

我蹲在地上，用一新的望远镜对准了离我三十多米远的那堵墙。

那个窟窿里头确实有些动静，但从里头冒出的东西并不是孔雀，却是一把普通的扫帚。

“一新，怎么是扫帚……”

“对，它就是像一把扫帚！你要沉住气，这可不是一般的扫帚，它令人神清气爽，它为观看的人扫出一片新天地。”

“可我要看的是金孔雀。”

“它就是金孔雀，你不满意吗？不满意就别看了。”

一新夺过我手中的望远镜，不让我看了。

“一新，你的思想真复杂，我跟不上。”

“那当然。”他带着优越感昂起了头，“我努力了好久才终于有了它，可惜你还不能欣赏它的神奇。”

“那么，让我们谈谈它吧。”

“我们小声点，它听见了会不高兴的。它来自黄金乡，它认为它自己属于我们城市。我是从赫爸爸那里得到它的信息的。”

“是不是像我这样的俗人就看不见它呢？”我纳闷地问。

“你已经看见它了，只是你要转变观念。你来之前，我观察了它好久，它还走出来为我开了一次屏呢。真是终生难忘的体验。”

一新说话时眼里泪光闪闪。啊，一新，我的老保姆的儿子。可他到底是谁?

他慢慢地向那堵墙走去，我想跟上，却被他用手势阻止了。

“你就留在原地。你的时候还没到。”他说。

我看见他走到了离洞口不远处，我看见一股强风将他吸进去了。真不可思议啊，那么小的洞怎么能将他吸进去？但他的确被吸进去了。我忍不住诱惑，还是走到了那个地方。但是洞已经消失了，一点痕迹都没有。那面墙光秃秃的，好像在说：“你来晚了。”

“一新！！！”我对着墙大声喊。

“喊他干吗？”金樱子小姐嘲笑地说。她从墙的侧面走过来。

“您的好友，他自己总会出来的。”她想了想又说。

“赫爸爸用鞭子抽我了。”我回应她说。

“您和您的好友一样幸运，别不知足了。您有兴趣去我家里坐一会儿吗？就在这附近。”

“好。”

她的家果真在庙宇的附近，是在一栋老旧楼房的一楼。

房间里很阴暗，她一进去就打开了所有的电灯。

从天花板上垂下来很多用粗麻绳绾成的圈套，大概有十几个。因为楼上有人在跳跃，那些麻绳圈套就晃个不停。

“您别盯着它们看，那是我用来锻炼身体的东西。”她笑着说。

“您总是保持着这样惊人的体力吗？”

“哈，惊人？您是指我夜间不睡觉？有些鸟儿也睡得少。”

“我真羞愧，金樱子小姐。”

“用不着羞愧，卓山，您也会变得强壮起来的。我们这些人——我是指赫爸爸、您、我，还有一新，我们是这一带最强壮的人。”

我起身告辞，她亲切地对我微笑，于是我又隐隐约约地闻到了羽毛的气息。

在马路上，可以看到蛰伏在天穹下的城市，黄昏将它的秘密都掩藏起来了。我想，此刻也许有一个影子在什么地方移动，当我伸手去触摸它时，会大吃一惊地触到一个温暖的身体。

我回到了晶街的家中，我又看见“岛”咖啡店里面人来人往的热闹景象了。不过这些人很快就各自就座了。我的家现在已成了靠近一个巨大鸟巢的外围建筑。

海　藻

深夜被电话铃声吵醒是一件不那么令人愉快的事。可它响了又响，不想罢休的味道。拿起话筒，我的愤怒就消失了。

“阿泉吗？我是坚仪。我的声音变了？你看现在几点了？”

阿泉是我大学时代的密友，如今也是我在这座城市里唯一的朋友。今夜我得牺牲睡眠去陪陪她，刚才她在电话里说她没法入睡。她有麻烦了。

我洗了脸，梳了头，简单地化了点妆，穿上运动服和跑鞋下楼了。我在心里振奋起来了，每次同阿泉见面我总是这样。

电梯里有个老头也是下楼去的，老头的穿戴很绅士。他赞赏地朝我点点头，好像用他的眼神向我表示他允诺了我一件事。从这一刻起，夜间发生的一切变得扑朔迷离起来。

我和绅士老头在一楼互道了“再见”，各奔东西。我还听到了他发动汽车的声音。

今夜真黑啊。出了公寓大门来到街上，发现那些街灯一齐出了问题，它们垂死挣扎，隔一会儿才闪烁一下，令人胆寒。现在是干燥的晚春季节，这座水泥森林般的城市被风吹着，好像到处都要开裂似的。阿泉坐在离我的公寓不远的一家名叫“自由港口”的小型酒吧里头。

虽然酒吧里灯光昏暗，但因为外面那么黑，还是很惹眼。阿泉帮我要了红酒，她说她已经喝了一杯，这是第二杯。我环顾了一下周围的那些青年男女，看见他们都像鱼一样举着酒杯在这窄小的地方游来游去。每当他们的身体发生了擦碰，双方就低声地说：“对不起。”这些人的心里是多么不安啊。

如我料想的那样，阿泉和男友周勉的关系出了点问题。

当初阿泉和我一道来到这座城市工作，我在一所不错的大学里教数学，她在一家园林设计公司做设计师。不久她就结识了英俊的电脑软件设计师周勉。我还记得我第一次见到周勉时的印象。小伙子风度翩翩，举止得体，我简直看呆了。我和阿泉在大学期间从没见过这么英俊的男生。那一年阿泉二十五岁，周勉二十七。

一眨眼六年就过去了，现在阿泉已经是一家著名园林设计公司的首席设计师。阿泉属于那种“内秀”的女孩，乍一看，只不过是一位健康苗条、容貌秀气的姑娘，这类姑娘大街上有很多。但你只要同她相处一会儿，就能感到她具有一种独特的美貌。我一直很佩服周勉的眼光。像他这么显眼的男孩，当初能从人群中一眼就发现阿泉的美貌，他自己应该也是气质不凡的吧。阿泉说他俩是在排队购买回家的火车票时认识的。

周勉的运气却没有这么好。他在那家外资公司里本来已经当上了中层干部，但两年前他由于工作压力太大，同上司吵了一架后便辞职了。从那以后国内经济不景气，他始终没找到合意的工作。他在各式各样的电脑公司打工，但总做不长久。我有时会在阿泉那里看见他，他还是那么英俊、有风度，但目光有点阴沉。阿泉在这两年里头成了周勉的精神支柱，她尽力鼓励他，不断地怂恿他去做各种尝试，不断地给他买业务技术方面的书籍。她甚至还提出马上同周勉结婚，但被周勉拒绝了，理由是他没有稳定的工作。

“他走了。”阿泉说。

我注意到阿泉那涂着深色唇膏的嘴唇裂开了口子，便在心里暗自思忖：今夜的谈话非同小可。我的身体感染了酒吧里不安的氛围，开始微微地颤抖起来。

阿泉用手抓住自己的头发，凑近我，她的瞳孔深处燃烧着黑色的火焰，她那嘶哑的声音令我心碎。

“你听，”她热切地小声说，“旁边那个人在疯跑，疯跑，他要追……可是已经晚了。”

我有些忍无可忍了，就站起来结账。女店主殷勤地对我和阿泉说道：

“已经这么晚了，快一点半了，二位要注意别迷路啊。”

她的叮嘱莫名其妙，我讨厌她那黏糊糊的声音。

一到大马路上阿泉就变得很镇静了，虽然到处黑乎乎的，但我能从她的步伐上感觉到她的情绪。我和阿泉都不喜欢拖拖拉拉地漫步，所以即使现在是周末的夜晚，我们也走得比较快。阿泉的高跟鞋在柏油路上发出有节奏的声音。她酷爱时装，哪怕在这种情绪的低谷时期也依然穿戴整齐，我从未见过她披头散发的样子。

我们转进了一条小街，这里更黑了，我连忙挽住阿泉的手臂给自己壮胆。这条小街是卖花的地方，路两边那些门关得紧紧的铺面都是花店，我以前也来这里买过花。真糟糕，这里连街灯都没有，我的眼睛有点近视，几乎是被阿泉拖着在走。她是怎么能够看清路的？

在酒吧里，我只喝了一小杯水，现在嗓子干得要冒烟了，大概阿泉也是如此吧。她突然停下了，身体倚着路灯灯柱。

“坚仪，我难受。”

“你不会有事吧？我们回去，到我那里去。”

“你帮我做一件事吧，去敲这家花店的门。”

我按她说的做了，但里面一点动静都没有。我看不清阿泉的脸，我想象着她那表情痛苦的样子。六年了，她和周勉朝夕相处，很少分开。我又敲了一次门。隔了一会儿，门吱呀一声开了，一双手将我们两个扯了进去。我们在黑暗中倒在一只沙发上——女人在当中，我和阿泉在她的两旁。

我立刻就被房里的一种香味吸引了，一种令你想起野蜂和白云的花香。有时候，阿泉身上也隐隐约约地散发出这种香味，但远没有现在这么浓烈。口渴的感觉竟然消失了，我感到湿润的香风拂面，不由得打破了沉默：

“这是什么花？”

“家乡的花。我和阿泉是同乡，我们那座城里到处有金银花。”

“啊，金银花！”我说出这几个字时差点掉下了眼泪。

我看不见女人，我想，她一定是一位美女。我现在知道阿泉身上那种湿润的清香的来源了，我还知道，今夜的危机已经过去了。我轻轻地叹出一口气。

回去的路仍然黑得厉害。阿泉走得那么快，我死拽住她，我们在那哗哗作响的水泥森林中乱冲乱撞。有时发现没有路了，我们就用力一冲，又冲出一条路来。有两次，当我和阿泉用力猛冲时，我看到她的手提包在黑暗中闪烁出星星点点的荧光，接下来就有金银花的清香飘散在空气中。我记得那只手提包是墨绿色的，我忍不住伸手摸了摸它，手上就沾了一些水藻一样的湿东西。

“阿泉？”我发出梦呓般的声音。

“啊？”她的声音更低沉，“我的老乡，她失去了双腿。”

自从那天夜里同阿泉外出以来，我们有两个月没有见面了。我并不担心她，她是很坚强的。再说我自己也陷入了一场不温不火、缠缠绵绵的恋爱，没有更多的精力去关照她了。

有一天，我在办公室里批改学生作业时，手机响了。是阿泉发来的短信：阿勉回来了，找到了心仪的工作。我心中的大石头落了地。我想，接下来他们就要举行婚礼了吧，两个人都老大不小了。我脑海里出现美丽的阿泉披着婚纱的形象，他俩是般配的一对！不知为什么，只要我想象阿泉的样子，那只墨绿色的手提包就总是出现在她的手中。她那涂着深色唇膏的嘴唇像动物的嘴唇一样嚅动着，她用耳语般的声音对着空中说："包里装着金银花。坚仪，你帮我拿着包。"我伸出手在空中抓了一把。

他俩请我吃饭。也许是要宣布结婚的消息？

在熟悉的餐馆里，他俩比我先到。阿泉穿着一款蓝色的时装，头发剪掉了，理得像刺猬一样。我只要一靠近她就能感到她浑身的活力。我的目光在周围游移，开始是茫然的，后来我一下子明白过来：我在找那只手提包。手提包挂在衣帽架上，不是墨绿色的那一只了，是同样款式的宝蓝色。我有点失望。阿泉仿佛看透了我的心思，朝我挤了挤眼。

周勉仍然是那么潇洒英俊，当他那明亮的目光投过来时，连我都忍不住怦然心动。现在他举手投足都有成熟男人的韵味了。

那顿饭吃得非常愉快，但他们并没有提及结婚的事。

吃完饭周勉就要去加班，他如今是在一家跨国大公司里工作。他一个人开车先走，我和阿泉想到街上走一走。

这里有一个很大的街心花园，我俩钻了进去，一前一后走在窄窄的小路上。我在后面盯着她的手提包，但黑暗中，那手提包既没有发出荧光，也没有散发出湿润的清香。水泥小路在我们脚下发出干燥的摩擦声。有阴影从我心底升起。

“阿泉，你结婚吧。”

“是啊，是时候了。”她回答说，声音里头有一丝困惑。

我们站在路灯下，乳白色的光线照着阿泉的脸部，我又一次在心里头惊叹：多么罕见的美貌啊！我掩饰地问她：

“你换了手提包啊？”

“不，没有换，还是墨绿色的那只。你以为它是蓝色的？那是光线的诡计。就像我这身衣服，你也以为是蓝色的吧？”

我没有回答她，我觉得她在走神。她到底在想些什么？

那天我回公寓时，在楼下的大堂里又见到了那位绅士老头。他优雅地朝我挥挥手，好像祝贺我完成任务归来似的。

大约又过了一个月，我自己进入了热恋阶段。阿泉来电话了。

“坚仪，我们分手了……不要担心，我并不那么痛苦，只是有点淡淡的忧伤而已……都过去了。他被派往英国，有人和他一块儿走，这是一件好事。我就是这样想的。”

我相信她就是这样想的，她从不说谎。我把我的男友打发走，邀她到我的公寓里来。

她很晚才来，我俩待在公寓里。我没开灯，只点了一支蜡烛，这样的氛围更符合她的情绪。

阿泉兴致勃勃地讲了些她公司里的事，然后我们就开始东拉西扯。没过多久我们两人就一齐住了口。我的脑子里一片空白，居然什么话也想不出来了。她呢，也沉默了。这真糟糕，这是怎么回事？我在烦躁中用手在长沙发上扫来扫去，扫到了阿泉放在那里的手提包。天哪，这包上是什么东西，海苔吗？房里起了微风，清新的腥味在弥漫，将我带向遥远的记忆……

阿泉坐在我的对面暗笑，她起身将蜡烛也吹灭了。

“坚仪，你瞧，你瞧！”

“啊，你从哪里弄到这些……”

手提包上那些黏糊糊的、凉凉的东西开始发光了。也许那是些细小的软体动物？我闻了闻我的手指，有股泥腥味。

阿泉的声音仿佛从窗外的夜空响起：

“它们是本来就在那上面的，很多年以前就在那里。”

那些微小的荧光勾出了手提包的轮廓，那轮廓轻轻地颤抖着，忽明忽灭。我想象着这些古老的生物挣扎的情形，想象着它们那种不可思议的顽强的信心。是啊，它们无处不在。

“我要走了，坚仪。下一次，我会带着新的男友到你这里来。不，你不要送我，你留步。”

她进了电梯。过了一会儿，我听到下面汽车发动的声音。

我返回房里，打开灯，看到长沙发上留下了两小块黑色的东西。我将它们捡起来，凑到灯光下面去细看。

这只不过是湿润的、普通的河泥。当然，也有可能是某些水下动物的残骸。阿泉和她的那位老乡属于城市中古老的族类。我将这两块软塌塌的东西放进我的金鱼缸内，它们立刻就化掉了，不见踪影。但我知道它们还在那里，即使再过一千年，它们也会在那里。

我听到雨点打在窗玻璃上的沙沙响声，满屋子都是那种清新的、淡淡的腥味。

家族的守夜人

在南方，在酷热的夏天的夜里，我们这些小孩都喜欢睡在马路中间。马路上夜间是没有汽车驶过的，大家各自将用井水抹过的竹床往那里一摆，激动人心的时刻就到来了。啊，赶尸鬼！啊，蜘蛛魔王！啊，银河！啊，挣不脱的……街灯总是在午夜时分熄掉，因为既没有汽车，也没有行人，要街灯干什么呢？街灯一熄，我们便纷纷用毯子盖住身体和头部，在恐惧中昏睡过去。很多人都听见过赶尸鬼的惨叫，但没人敢撩开毯子的一角去张望，只除了这个名叫小蚊子的男孩。小蚊子是我们的守夜人。

小蚊子是在母亲的鞭子的教训下长大的。几乎每一天，邻居都可以听到他家传出比赶尸鬼还要凄厉的惨叫，这男孩的小腿上总是伤痕累累。脾气暴躁的母亲常常笑着对邻居说："我要打死他！"也不知她对这个瘦小的男孩是如何估计的，她从不同儿子交谈。不过这位母亲倒是支持儿子夜里睡在大街上，有时还亲自用井水帮儿子抹竹床。莫非她盼望赶尸鬼将儿子捉了去？小蚊子的几个玩伴就是这样估计的，但他们不敢大声讲出来，如果讲出来的话就会挨大人的打。小蚊子躺在他的竹床上看银河，他并不是在守夜，他只是睡不着。这样的夜晚是畅游银河的好时光，怎么能睡得着？当然他在心底里更盼望的，是同那些赶尸鬼相遇。他听到过他们的惨叫，但相遇从未发生过。他知道那些家伙是他的同类。

"小蚊子，你妈妈过来了！"有人喊道。

小蚊子立刻从竹床上跳下来，口里发出惨叫。但是母亲并没来，是同伴在搞恶作剧呢。小蚊子自己也感到诧异：他为什么叫？难道他真的是赶尸鬼吗？"不，你才不是呢。"莫莫对他说。但小孩子心里没有把握，因为他听见自己的叫声同那些鬼的叫声很相似。

"为什么你们都怕赶尸鬼？"小蚊子问莫莫。

"因为，因为我们是人啊。"莫莫说。

莫莫说完就用毯子蒙住了头，再也不发声了。小蚊子睁着眼，他看见天上有一颗红色的星星，是那种玫瑰红，这是很不寻常的。他多么想和人谈论这颗星星，可是旁边的人都用毯子蒙着头。这时小蚊子听到了嗒嗒嗒的脚步声，起码有两个赶尸鬼在往他这边走，但他们始终不走拢来。他想起身迎着赶尸鬼走过去，但他还是不敢。这种事，如果让母亲知道了的话，他一定会挨鞭子的。他并不怕痛，但那种屈辱感比死还难受，所以他才拼命叫。

啊，那两个赶尸鬼的脚步又远去了。他们总在附近绕圈子，令小蚊子神往。他希望每天都是夏天，这样就可以睡在马路上。每天夜里他都不会轻易地睡着，他要神游——在银河中，在周围的黑暗里。莫莫在毯子里嗡嗡嗡地说话，小蚊子觉得很好笑，他一句都听不清。

“莫莫，你妈叫你回去睡觉。”小蚊子大声喊。

莫莫立刻不作声了。他们都知道家里是多么闷热，简直是地狱。

今夜赶尸鬼离去之后再也没有返回，小蚊子心怀遗憾地睡着了。不过他睡了不久，很快就又醒来了。四周夜气深深，那些小孩都在梦里嘀嘀咕咕的。小蚊子一边起身一边对自己说：

“我要走失一次。很多地方我都没有去过。”

他穿好鞋，朝着一个方向一直走下去。天那么黑，也没有街灯，小蚊子完全不知道自己是往哪里走，他仅仅知道自己离马路越来越远了。这是他第一次夜里出走。他在途中喊了一次莫莫，又被自己的喊声吓出一身汗，因为那声音比赶尸鬼的惨叫还可怕。有一阵，他觉得自己脚下踩的是沙地，不知为什么，沙地让他想到毒蛇，一想到毒蛇便腿发软。幸亏沙地很快又变成了柏油路，那么，他应该是走在大马路上了。一想到随便乱走也可以走到马路上，他又满怀欣喜了。哈，运气真好啊。

小蚊子抬头看天，天上黑黑的，什么都没有；再低头看地，地上也是黑黑的，什么都没有。然而他知道自己的身体还在，他摸得到每一个部位，他的脚踩在柏油马路上。他很想躲起来，可是在这什么也没有的空旷地方，他躲到哪里去呢？就地蹲下算不算躲呢？他尝试了一下，立刻感到很舒服，就好像身体已经化掉了一样。他忍不住惬意地哼哼起来，哼几声又惨叫一声。他的惨叫比赶尸鬼厉害多了，好像将周围的黑暗都划破了，划成了一块一块的碎片一样——多么痛快啊！干脆伏在地上吧，说不定一会儿就谁也找不到他了，这才是最高级的躲迷藏啊。他伏在地上时，柏油路欢快地接纳了他，好像在轻轻地对他说：“入睡吧，入睡吧，睡着了就什么都有了。”小蚊子什么都想要，所以他就睡着了。

“我妈妈同意我睡马路。”小蚊子自豪地对桑说道。

“当然啦，因为你什么都不怕嘛。”桑边说边害羞地瞥了他一眼。

小蚊子心里想，大家都睡在马路中间，为什么他们这么害怕某些事？为什么他们尽管害怕，还是要用毯子严严实实地裹住身体睡在这里，坚决不回房里去睡？仅仅是为了在街灯熄灭之前不着边际地聊天吗？小蚊子的伙伴们所聊的那些事都很缥缈，但他们的态度是很认真的。

“只要不去窥视，赶尸鬼就不会来捉走我们，所以要将毯子裹紧。”

“有没有必要在大风中来一次集体现身？”

“我知道有人夜里去了银河，回来后嘴里含着一颗橄榄。”

“走三步，退两步，这样谁也没法跟踪你了。”

“太阳可不会怜惜我们，它可以将我们晒个半死。”

小蚊子仔细地倾听，可是他猜不透同伴们话里的含义。他想，这是因为自己还很幼稚，而且又爱走神的缘故吧。他很少能做到执着于一个念头一直深入下去，将它想透，而同伴们却可以做到。难怪大家称他为守夜的人。他们知道自己害怕什么，所以躲在毯子里不去看，而他是不知道的。他的思想跳来跳去的，就从那件事跳开了。“你呀你……”小蚊子模仿赶尸鬼的口气对自己说。那语气有点吃惊，又有点溺爱的味道，他忍不住哧哧地笑了。

小蚊子左边第三张竹床上睡着绿娃，一个阴险的家伙。现在他正在说话。

“今夜街灯不灭的话，难道我就同他拼了吗？”

绿娃的口气很迷惑。小蚊子想，他要同谁拼了呢？但是绿娃说了这句之后就没了下文。这个时候天上的银河又显现出来了，而街灯也随之灭了。小蚊子听见绿娃叹了一口气，一会儿他就打鼾了。他的这些同伴有那么重的心事，可是一下就睡着了，真是些潇洒的家伙啊！这时小蚊子又想到了桑那害羞的目光，他一下子明白了，桑不是真的害羞，只是不想让他知道他心中的秘密。现在他们都在打鼾了，星光灿烂，却没人关注。他们关注的是另外的一些事，那些事将小蚊子排除在外，所以他成了守夜人。白天里小蚊子又挨了鞭子，他坐在房门口抽泣。邻居三婶过来了，她怜爱地摸着他的头对母亲说：“你家小蚊子真乖啊，我要有这么个儿子就好了。”母亲冷笑一声回答说：“这个人将来是要做大事的啊。”小蚊子看见三婶立刻变了脸，缩回她的手，尴尬地“哦”了一声，赶紧离开了。小蚊子当时心里有种幸灾乐祸的感觉，谁让她来管闲事？但挨鞭子确实不好受，他一点都不想做什么大事，为什么母亲就是不明白呢？尽管恨母亲，有一件事他还是对她心存感激的，这就是她将夜晚的时光留给了他，从未来干涉过他。真的，一到夜里母亲就从他的生活里消失了。是不是因为这个原因，他才成了大家羡慕的勇敢的人呢？从前爹爹还在时，他很少挨揍，可是他也不被允许睡马路。他并不想返回那个浑浑噩噩的时期，因为那种生活没有盼头。

哈，又一颗玫瑰色的彗星落下来了。就在这一瞬间，至少有三名赶尸鬼发出了惨叫。小蚊子也和他们一起叫了起来。多么痛快淋漓！

一位乞丐爷爷走了过来，他将自己的脸凑近小蚊子，仔细打量他。

“你是谁家的孩子？”

“贵仁家的。”小蚊子镇定地回答。

“贵仁！难怪他每天夜里围着这里转悠。你看这月光怎样？”

“月光很好，爷爷。您是说我爹爹是赶尸鬼吗？”

乞丐爷爷嘻嘻地笑着，向小蚊子做了个奇怪的手势告别。

小蚊子离开竹床，他要游荡，他感到自己此时不可能睡觉了，因为他脑海里出现了监狱，还有那些铁窗。月光下，那条路直通监狱。

当他沿着伙伴们的竹床往前走时，忽然发现所有的人身体都被雪白的毯子裹着，全都是一样的。这是怎么回事？在先前，他们的毯子大都是那种沉闷的棕色、墨绿色、深蓝色和土黄色啊。难道他们也……

小蚊子不愿想下去了。他跑起来，不一会儿就离开了这些伙伴。他跑了又跑，熟悉的马路变得没有尽头了。跑着跑着，他忽然看见前面马路中间站着一个头上包着头巾的人，那人正在观察他。小蚊子的脚步慢下来了。

“是贵仁家的小孩？”那人声音洪亮。

“是啊。”小蚊子说着就走了过去。

“你一个人跑出来，将大伙都甩在后面了，对吧？”

“他们……他们都睡着了嘛。”小蚊子踌躇地说。

“你怎能肯定？这种事很难说，对吧？”

小蚊子被他炯炯的目光盯得很不自在。忽然听到他提高了嗓门说：

“说不定他们比你跑得还快！瞧那西边乌云滚滚，时候已经到了！你还在这里磨蹭，什么都没听到！”

那人说完这话就消失了。小蚊子不敢看西边，但他听到了密集的脚步声，难道是同伴们追上来了？这个人刚才是提醒他情况紧急，有不好的事即将发生吗？此刻响起的这些脚步声同赶尸鬼的脚步声的节奏一模一样啊。母亲常说的一句话跳进他的脑海里来了：“看见一只爪子，等于看见了全世界。”那是什么样的动物的爪子？像那只老猴的爪子一样吗？他一直跑一直跑，不敢停下来。他不知道自己为什么不敢停下，大概因为那人说了“时候到了”吧。至少，他不能让这些脚步声逼近自己。

东边出现了一线曙光，这是好兆头。现在小蚊子一点都不感到累了，他的脚抬得高高的，他不为某个目的地而奔跑，他甚至感到自己合上了后面那些赶尸鬼的脚步声的节奏。那线天边的光在跳动，有些晃眼，可是多么好啊。他在心里对母亲说：“我看见爪子了，那又怎么样，我看见全世界了……不过我还是谢谢您，谢谢您在夜间放走了我。”

小蚊子在郊外停了下来。他看见班车朝他驶过来，天已大亮了。

坐在回家的车上真舒适！司机的头上也包着头巾，莫非他就是夜里那一位？司机回头看了小蚊子一眼，嘲弄地大声说道：

“你们这一伙全在车上了啊，这叫一网打尽！”

小蚊子想，车里明明除了自己和司机没有别人啊，是不是同伴们上了车，全都隐身了？

但这班车中途不停站，也不开车门，直接就开到了小蚊子家所在的街道。车子停在站上时，小蚊子留在座位上等了一会儿，他想等隐身的同伴先下去。

可是司机朝他吼起来了：

“还不快滚，你以为他们是同你一样的人啊，呆鹅！”

小蚊子连忙跳下了车，他一边走一边紧张地想，他们究竟是什么样的人？他的脑海里出现了那一长排用雪白的毯子包裹着的人形，白得耀眼……此刻他的这些同伴在哪里？

他一到家母亲就嚷嚷着叫他快吃饭。

“饭总是要吃的。”她意味深长地说，“好玩的事还多着呢。

人来世上走一遭，并不是专为来受苦的，哼。”她似乎在冷笑。

母亲说这话时强硬地向空中一挥手，使得小蚊子心里忽然对她生出一股从未有过的敬意。他想问母亲一个问题，但母亲到里面房里打鞋底去了，她得为小蚊子和她自己做鞋。

小蚊子吃完饭就去洗碗。在哗啦哗啦的水声中，他听见母亲在那边喊：

“小蚊子，你是我的福星！”

刮过几阵秋风之后，我们这些小孩就不能再睡在马路上了，这就意味着难有激动人心的事情发生了，于是包括小蚊子在内的所有人都想念起赶尸鬼来。他们这些鬼只在美丽的夏天来，到冬天他们就躲起来了，真是一些有策略的家伙啊！小蚊子坐在家里，只要一静下来就会重温夏天的那些历险。他在发呆时一直盯着那扇门，他看到门被推开了一条缝。“也许是风。”他说。但那并不是风，一张白得刺眼的假面出现了。小蚊子激动起来了。

“您走错了门，这是贵仁家。”他对那假面说道。

那人进来了，但他站在门那里，一只手扶着半开的房门。小蚊子注意到他的手也白得吓人。不知为什么，小蚊子冲口而出道：

“都这个时候了，您还来啊。您来干什么呢？不是太晚了吗？夏天已经过去了，现在正往冬天走……”

“我也是贵仁家的。”那人打断他，“我是贵仁家的大儿子，你从来没见过我。我刚才在路上遇见了妈妈，我觉得她瘦了好多，是被你气成了那样吗？我和爹爹在那边挺好的，可我们还是寂寞。”

“这么说原来你是我哥哥啊，我从来不知道你。你坐下吧，我来倒茶。既然那边很寂寞，你就干脆住在家里吧。我俩夜里可以一块儿出去，白天你就躲在后面房里——”

他喝水时露出两排白森森的长牙，小蚊子却并不害怕他。

“我弟弟真是热心肠啊。我也想住在家里，可是爹爹不允许。爹爹的性格就像钢铁一样。奇怪，弟弟一点都不像他。让我想一想，妈妈是不是为这个生气？可我觉得弟弟这种性情也挺好的呀。”

他喝完水就消失在门外了。小蚊子没看到他走出去，更没听到他的脚步声，只听见他在门外喊道：

“我们夏天再见吧！”

小蚊子追出去，扑了个空。

小蚊子想，多么好的一个游戏啊。哥哥忽然来了，可他来了又走了，一点痕迹也没留下。对了，刚才他喝了水，可这杯里的茶还是满满的。看来那边的生活也不是样样称心。小蚊子常常觉得自己同那边的人是一伙的，现在看起来还是大不相同啊。贵仁家有两个人在那边，一想到这种事他就心跳，就向往。

又有人推门进来——一张惨白的假脸……不，是他看花了眼，明明是母亲回来了嘛，母亲是一张黄脸。

“小蚊子，同你哥哥说话了吗？”

“说了。他不肯在家里待。”

“哈哈，如果有好地方待，谁愿意待在家里？你不也是这样吗？我后悔没有将他打死！结果他和你爹去采药，从悬崖上滑下去了，一点都不好玩。”

小蚊子感到很诧异，因为母亲平时很少说这么多的话，她似乎处在兴奋之中，说起话来脸上的表情有点狰狞。小蚊子想，她恐怕又要揍自己了，于是赶紧向外跑。他跑了没有几步就撞上了一个人。

“跑什么呢，还不如安于现状。”

却原来是班车的司机。司机头上还包着头巾，看上去怪怪的。

“你就是跑得再远，也还是在家里，对吧？”司机的口气像劝导他。

“我不喜欢被别人揍。”小蚊子低下头说。

“谁会喜欢？没人喜欢。可这类事躲不掉。再说跑到哪里去？贵仁家的小孩能跑到哪里去？”他说这话时显得有点高兴。

然后他问小蚊子愿不愿意跟他走。小蚊子问去哪里。

“管他哪里呢，你刚才也不知道要跑到哪里去，对吧？”

小蚊子想了想，决定跟他走。

一会儿两人就到了一间矮矮的瓦屋前。门没锁，司机一推就进去了。屋里有点阴暗，桌子上和窗台上都放着很多小木偶。小蚊子盯着木偶们看。

“他们很合你的心意吧？”司机凑拢过来说。

小蚊子点点头。他感到站在他身后的司机异常不安。

“你知道他们为什么合你的心意吗？”

小蚊子摇摇头，不解地回过头看着司机。

“因为他们全是贵仁家的！天一黑，他们就从我这里出去走步了。你瞧，所有的贵仁家的秘密全在我家里。上次我在班车上看到你，就把这件事告诉你了，可你没听懂。”

司机说这些话时在微笑，他的两只眼睛的视线不一样，一只看着小蚊子，另一只看着墙角。小蚊子忍不住也瞄了一眼墙角，发现那里好像有个木偶在动。他听到司机又在说："天还没黑，贵仁家的这小子就在排练了，真是勤劳啊。""我爹爹是采药摔死的吗？"小蚊子并没开口说话，但是他听见他说的这句话在房里响起来了。

"嘘，不要乱说。"司机拍了拍小蚊子的头，"你爹爹是个大玩家。他那种人啊，一辈子的时间根本不够他玩。自从他进了我的家门，生活倒是变得很有规律了。他让我学到了很多知识——哈，他出去了！他刚才见到你进来就激动起来，到底是父子亲啊！"

司机说后面那句话时指着窗台上那些木偶。小蚊子对他的话半信半疑。他再打量那些木偶时，发现他们全都褪色了，变得呆板了。

"你猜猜我多大年纪了？"司机问小蚊子。

"四十岁。"小蚊子说。

"其实我比你爹爹还要老。要不我怎么能搜集这么多贵仁家的木偶？他们不是木偶，是真人！"

当司机说到"真人"两个字时，眼珠就鼓起来，小蚊子的心就因为恐惧而怦怦直跳。小蚊子连忙从对方脸上移开了目光。

司机指着外面对小蚊子说，天已经晚了，所以屋里这些家伙蠢蠢欲动，只想出去。小蚊子惊奇地问道：

“可我看来，他们现在一动也不动啊。”

“那只是你看不透。这些古老的东西充满了躁动。有一年秋天，因为我没及时开门放他们外出，他们差点毁掉了我的房子！现在让开吧，让开啊，你这小家伙！听不懂吗？”

司机将小蚊子推到了墙边，小蚊子听见穿堂风的声音。过了好一会儿，他才听见司机在说话。

“他们都出去了，你看看窗台上就知道了。他们性格暴烈。”

窗台上空空的，桌子上也如此，透出一股凄凉的味道。

“夏天的时候，我妈妈为什么让我夜里去同他们会面？”小蚊子问。

“你是知道的吧，何必怀疑？”

小蚊子走在回家的路上，边走边揣测：母亲的气消了没有呢？也许她根本不是生气，只是对自己的一种鞭策？刚才司机不是说了吗，贵仁家里的人性格暴烈……许许多多小时候的谜似乎就要解开，但又并没有解开。他眼前又浮现出月光下那些用雪白的毯子裹着的同伴。也许那些不是同伴，同伴们早就回家了，而毯子里面裹着的是贵仁家族的这些死鬼？

小蚊子看见母亲在厨房门口劈柴。母亲身材瘦小，却拿着那么大一把斧头。小蚊子记起家中在冬夜通晚燃着煤火，母亲总是坐在火边，也不知她夜里睡没睡。莫非她也在守夜？啊，原来是这样！

“回来了啊。”母亲边说边用毛巾抹脸。

“我去司机家里了。”

小蚊子进屋时，听见母亲在背后说：

“那个人对我们家知根知底，是有威胁的。”

小蚊子没吭声，他不习惯同母亲谈话。多年来的怨恨和屈辱是不可能消除的。小蚊子想起了哥哥的话，哥哥似乎很怕他同母亲闹翻，看来哥哥还是很维护这个家庭的。他们家是一个奇怪的家庭，两个人在这边，两个人在那边，但两边的人是相互支持的，好像都为对方活着似的。小蚊子想到这里突然就生出一种感动，对母亲的恨也减轻了一些。他听到母亲在隔壁房里上床了，一会儿就打鼾了。他想，母亲是多么辛苦啊！

小蚊子从自己的卧室里出来时吓了一跳，因为有一个陌生人坐在他家客厅的沙发上，手里拿着一张发黄的旧报纸在看。

“一九七八年，我是在茶山采茶时听到那个消息的。”他回过头来对小蚊子说。

“您是我们家的亲戚吗？”小蚊子问道。

“我是你的远房伯伯。我每年来你家，你没注意到我吧？”

“同我讲讲您当时的心情吧。”

“当时的心情？我记得当时我就像掉了一只臂膀一样，老感到左边的袖子里空空的。不过后来我习惯了。你怎么样，小伙子？你通过守夜获得了新生，是吗？”他和蔼地笑了。

“正是这样，伯伯。您这就走吗？您别走了吧，我们家有地方住。”

老人还是走了。那张旧报纸被遗落在沙发上。小蚊子将报纸对着灯光举起来看，发现字里行间有很多水滴，还有一朵玫瑰的影子。他将鼻子凑近去闻，闻到的却是一股烟味，那种柴烟的味道。

“多么好啊，每一个人都惦记着爹爹他们，他们必定是知道的。”

小蚊子说这话的声音太大，吵醒了卧房里的母亲。母亲在那边询问是谁来过了，小蚊子说是一位远房伯伯。于是他听到母亲在咯咯地笑，那笑声是那么陌生，却又那么由衷。

艳　遇

小学老师飞子住在城南，每天坐班车去城中心上班。春节后，飞子就满三十六岁了。她在春节期间收到一封情书，不知道是谁寄来的。不过这封情书又不太像情书，对方自我介绍说他住在城北烟厂的宿舍里，是一位烟草检验师，男性。他说他在班车上见过飞子，后来费了些周折找到了她的地址，于是就给她写了这封信。信很短，只是说了一点他和她都熟悉的小事，比如司机的长相和性格、某个座位靠背后面的中药广告、窗帘的花纹之类。他写道，他并不指望飞子老师给他回信，所以他在信封上也没留下自己的地址。他也知道自己写信的举动是非常霸道的、不公平的，可他控制不了自己就写了，因为写了，也就寄给她了，请她原谅。那封信是这样结尾的："车窗外时常能看到白鸽，飞子老师，您注意到了吗？"

飞子收到这封情书之后，就将它放进了抽屉里。她在接下来的两天里仔细回忆过几次，而且坐班车时也分外注意，结果是她什么异样都没有发现。她开始怀疑是有人同她开玩笑，不过她又觉得写信的人并不像在开玩笑。

飞子是一位独身主义者，她要把自己的精力献给孩子们。一般来说，她没有很多时间谈恋爱，但这并不等于说她对出现在自己身边的男性不感兴趣，何况她正当盛年，样子也不难看，据别人说还有种特殊的风度呢。实际上，她谈过几次恋爱。不过这一次的追求有点特别，就连这件事是否存在都不能完全确定。不知为什么，这反倒激起了她的好奇心。

时间过去了一个月，飞子还没将这件事忘掉。每次她上汽车后，就用她那敏锐的目光飞快地在车厢里扫一圈；坐下之后也十分警惕，总是将前后左右看了又看；下车后步行的那一小段路她也要回头好几次，以确定是否有人跟踪。但是她什么都没发现，完全是白费力气。尽管没有发现那人，飞子还是从内心深处感到自己正在同这位不出场的追求者渐渐熟悉起来。三十多年里头，除了小的时候和爸爸在一起，以及后来同某几个小学生在一起之外，她还从未对一位成年男性有这样持续的、近乎神经质的关注呢。光是这一点就说明那位写信的人非同一般，是位有点怪的神秘人物。这种关注是什么性质的呢？如果称之为爱，那不是太荒唐了吗？就凭几个字里面传递的信息？她的心并没有像恋爱那样怦怦地跳，她也没有朝思暮想，而且她也从未设想过写信者的外貌、爱好之类。

飞子将自己生活中的这一部分取了个名字，叫作秘密通道。她不知道它要通到哪里去，因为通道的前方没有光亮。只要她的意识中出现这件事，她就立刻全身都紧张起来，判断力也变得特别灵敏。到后来，即使她不在公交车上，只要往那方面想，她就会产生条件反射。在公交车上，从那以来没有任何一位坐在她旁边的人同写信的这个人对得上号。他们大多是小孩子，因为乘这辆车去学校的学生居多。有时也有女人或老男人，但中青年男性极少，而且也没坐在她旁边。有次她看见一位年轻一点的男子上车了，可那人眼神空洞，根本就没有注意到她。那么这个人会不会是她的同事？飞子将学校里的几位男老师挨个儿想了一遍，对自己说："不，根本不可能。"奇怪的是，因为自己的调查目标固定不下来，飞子反倒松了一口气似的。就让它成为悬案吧，这也没什么不好，反倒有好处，她可以对这个想象中的追求者招之即来，挥之即去。尤其是在大雪纷飞的漫长冬夜，有这样一个身影模糊的准情人出现在脑海里那些沟沟壑壑的地方倒也不错。当然这并不是说，她飞子就不再在现实中追踪这个人的蛛丝马迹了。飞子一贯相信，只要是生活中发生过的事，一定会浮到水面上来的。值得提及的是，飞子有了这个隐身的追求者之后，对她的教书的工作更加有激情了。她的推论是这样的：写信者是一位情感充沛又固执的男子，他之所以看上了她，应该是由于她的气质方面的吸引力，而她的气质方面的吸引力又来自她对于教育工作的热爱，对于同人沟通的兴趣与渴求。她为自己能被这一类的人看中而感到自豪，这也推动了她更加努力地追求她的事业。总之，飞子感到自己在三十六岁时收到一位隐身追求者的信这件事是她一生中的大事。不管事情今后如何发展，她和他已经结缘了。他们是那种旅途中的长久的伙伴。

飞子想，为什么不到城北的烟厂去看看呢？即使找不到那人，也可以了解到他说的是不是实情啊。他之所以在信上提到城北的烟厂，就是暗示她可以去找他嘛。看来他是个沉得住气的人。

于是在休息日，飞子坐上了去城北烟厂的公交车。那离她收到那封信已经过去两个半月了。其实她做这件事并不需要下很大的决心，她认为自己的动机也是很模糊的，因为完全不能确定有没有这样一位烟草检验师。

“我要去城北烟厂。”飞子对车上的售票员说。

“红砖厂。”售票员大声说，撕了一张票给飞子。

飞子有些不放心，又凑近售票员说：“我是去烟厂。”

“没错，烟厂就是红砖厂！”女人哈哈大笑，“看事情不要只从表面去看。”

车里的人都转过头来望着飞子，飞子的脸涨红了。她往车厢后部的空位走去时，差点摔了一跤，好不容易坐下来了，心还在怦怦直跳。她在心里责备自己说，怎么变得像在恋爱一样了呢？她不过是去城北玩玩罢了。

这趟车坐了很久，到后来，乘客全部下完了，车上只剩下售票员、司机和飞子。

“前面就是砖厂，您看见那些打赤膊在太阳下工作的工人了吗？”售票员对飞子说。

“啊，看见了！砖厂的工作真辛苦。烟厂快到了吗？”飞子问。

“这就是烟厂，您下去问那些人吧。”

飞子稀里糊涂地下了车，往砖厂那边走去。不知怎么回事，在车上看见的那个制砖的车间不见了，这一带只看到一扇破破烂烂的大门，大门里有几个女孩在跳绳。

飞子走近去问那些女孩。一位大眼睛的女孩眨着眼说：

“这附近就这一家工厂，是红砖厂。他们白天不干活，因为太阳太毒了，一般都要半夜才开工。您找谁？”

“谢谢你。那么，是不是从前这里有一家烟厂？”飞子边问边感到自己的心在下沉。

“让我想一想……对啦，有！是我很小的时候，后来就没有了。”

“搬走了？”

“不知道。”

飞子走出大门后，看见这条长长的柏油路上连个遮阳的地方都没有，太阳晒得她的心里有点发慌。她快步向前走，走了一会儿，终于看见了一个候车处，也就是几块铁皮搭成的一个遮阳处。她面前有一个站牌，但已锈迹斑斑，一个字都看不清。她站在那里等，汗水从脸上流到了颈窝里。她在心里对自己说：“我这副样子是不是有点像一位傻大姐？”

过了二十分钟车还没来，倒是那三个跳绳的女孩过来了，她们显然是往家的方向走。走到面前时，大眼睛的女孩对她说：

“你呀，就耐烦等吧，那司机的车有时要等一个多小时！”

飞子看着女孩们走远了，心中一下子沮丧起来。她没想到这次出门会是这么一个结局。唉，耽误了这么多宝贵的时间。她在那几块铁皮下面站一站又走一走，终于慢慢地怀疑起来：这里到底有没有车来？她已经等了这么久，如果现在走路回城里，说不定也要走一个多小时。正当她犹豫不决时，有一个人朝这里走来了，他也是来等车的。这人是个中年汉子，外表和衣着很像制砖厂的工人，脸上黑黑的。

“车快来了吧？”飞子问他。

“应该快来了吧。”他像回音一样应道。

“你们这里的班车真稀少！”飞子欢快地说。因为有人一块儿等，飞子变得轻松了。

“是真稀少。”汉子又像回音一样应和她。

飞子感到，这个人一点都不怕热，他穿着厚帆布的工作服，纹丝不动地立在那里。看来砖厂的工人真是训练有素啊，飞子穿着短袖衫，背上都湿透了。后来汽车终于来了，车上是空的，只有售票员和司机，是飞子先前坐过的那辆车。那汉子在前面坐下了，飞子直奔后部的座位——她不想同他坐在一起，因为他不爱说话，同他坐一块儿就会感到别扭。

飞子一坐下就打起瞌睡来了，而且瞌睡越来越大，一被惊醒又要睡，睡一会儿又被惊醒，眼皮粘在一起。不知过了多久，她被那位售票员推醒了，女人对她说她到家了。

飞子下车时看见那位砖厂的汉子也随后下了车。不过那人是朝另外一个方向走去，他去的那边有一个很大的菜市场。难道他也住在这附近？他会不会是写信的那个人？他看起来对她一点兴趣都没有，甚至都不望她一眼，而且他也不愿同她说话。可是这又能说明什么呢？人总是善于伪装的。想到这里，飞子就后悔起来：为什么她一上车就像中了邪似的，只是一味地睡觉，一点都没想到要去观察一下这个人？那封信上说了车窗外有白鸽飞过，那么，一路上他是不是在看白鸽？嘿，真是蠢啊。她在心里骂自己，就仿佛那个人真是写情书的人一样。如果真是他，当他回答她的问话时一定万分紧张吧。

飞子回到了家。也许是因为在班车上时休息过了，现在她感到精力很充沛。她把房间打扫了一遍，又洗了澡，洗了头发，给自己做了很好吃的晚餐。吃完饭，收拾好桌子和厨房，她给自己泡了一杯清茶，然后舒舒服服地坐下来回忆一天中发生过的事。从上午到现在发生了什么呢？好像是一些非常单调枯燥的事：她突发奇想要去城北的郊区找那个烟厂，售票员将烟厂说成砖厂，还说二者就是一个厂；然后她下了车，进了砖厂的大门，从女孩口中得知那是名副其实的砖厂，工人都是做苦工的；女孩还说烟厂从前存在，早就已经消失了；她心里充满沮丧，只好回家；然后是等班车，一个人站在那里，又热又急，简直像站在地狱里；女孩来了，说那车要等很久；她产生怀疑，打不定主意要不要走路回去；正在这时砖厂工人来了，她心里便轻松起来，因为有人同她一块儿等车了；后来班车终于来了，她上车，从砖厂工人身边经过，直奔后部的座位；她在座位上打起了瞌睡，睡一睡，醒一醒，直到售票员推醒她；她下车，那砖厂工人也下了车，朝菜场那边走掉了。从表面去想，她今天似乎过得很无聊，似乎没发生任何值得注意的事。但真是这样吗？飞子知道，许多事都不能看表面，正如那售票员说的，烟厂就是砖厂。当然，一切都不会是毫无意义的。既然她上午出门之际是很认真地去追求一件事，那么接下来无论发生了什么都不会是纯偶然性的，每件小事里头都蕴含了某种意义。飞子虽然只有三十六岁，但她特别善于观察生活中的小事，而且有一种她这个年纪的人少有的预见能力。那么，写信的人是不是就住在她的小区附近？为什么她这么久了还没调查出来？对了，她没调查出来是因为她从来就没主动地去调查过啊，她是今天才产生了主动去做这件事的意愿的。看来，一旦她产生了意愿，那个人就很及时地出现了，现在再要去找他应该已经不难了。从今天的情况来看，他并不是按正常时间休假，砖厂的工人应该轮流休息的可能性比较大。她可以在下个休假日在同一时刻去城北那同一个地方等这个人。如果两人再次同乘一辆班车，她就可以很自然地同他攀谈了。

飞子打定了再次探索这件事的主意之后，接下来的一个星期中情绪就变得很振奋了。毕竟，生活是很好的，有人暗中爱着她对她来说是一种很大的激励。而且那位体力劳动者的笃定神情也是她所喜欢的。她比以前更加努力地教书，更加和孩子们打成一片，每一天都充满了感恩的激情。她想，即使那人今后令她失望，目前阶段的这种奋进的状态仍然是很宝贵的，因为这就是青春啊。她自认为自己的青春比别人长久。

然而失望提早到来了。到了下一个休息日，飞子准时赶上了那班车，又到了城北郊区。这回她没有走进砖厂那扇破烂的大门，而是在工厂的外围溜达，想象着制砖工人们的辛苦劳动。那是个阴天，飞子觉得到处都是灰蒙蒙的。忽然，她听到身后有人似乎是在叫她。“喂——”那人叫道。她一回头，啊，居然又是他！

飞子微笑着等他走拢来。

“您，您上个星期也来了这里。您是要找人吗？”他一改上回的冷淡，显出关切的样子。

“不是，也不一定找人，就是来散散心。这里人少。”飞子慌张地说。

“原来是这样。我有个同事工作时受了伤，他要我们大家瞒着他妻子。我看见您又往这里来了，我就怀疑您是他妻子，原来并不是。”

“啊，多么凑巧。”飞子失神地说，“我是说，我无意中闯进了你们砖厂的故事。”

飞子说了这一句话就后悔了，只想快点离开。但汉子听了她的话之后，脸上的表情一改先前的木讷，变得非常生动了。好像要安慰飞子似的，他说道：

“您注意到了我们这里有故事？哈，这太棒了！很少有人会注意我们这种地方，砖厂工人是灰色的人群，我们的工作又脏又累。我觉得没人会注意我们。比如我，只有当我回到家中时真正的生活才开始——我有妻子，有两个孩子……可在工厂里，我算什么？我们这些人什么都不算。只有像您这样独具慧眼的小姐，才会说我们厂里有故事。顺便告诉您，我姓翁，别人都叫我翁师傅。”

“我姓飞，别人都叫我飞子老师。”飞子立刻说。

“飞子老师您好。我们应该是邻居吧？我们坐同一趟车，在同一个站下车。”

“正是这样，翁师傅。我向您打听一件事：这附近有一个卷烟厂吗？”

“当然有啊，就是我们厂！是这样的：卷烟厂十年前倒闭了，被我们厂的老板收购下来，改成了砖厂。您要找人吗？”

“我想找烟厂的检验师。”飞子鼓起勇气才说出口。

“哈，那人后来成了我们厂供销部的负责人。前不久他贪污了很大一笔货款，可能很快要进牢房了。可怜的人。他是您的亲戚吗？您打算去探望他吗？”

“嗯。请问他关在什么地方？”

“看守所，离这里不远，但要到星期三才能会见外人。您星期三会来吗？上午十点钟，我陪您去，好吗？我一看就知道您心地善良，谁会关心烟厂工人的故事？”

“翁师傅，太感谢您了。我星期三上午九点到你们厂大门口来，好吗？”

“好，我为秦老兄高兴，我们一直是好兄弟。我常想，秦老兄是珍稀动物。”

那一天飞子老师回到家中时，竟然有种收获了什么东西的感觉。她不是一直在找这个人吗，现在终于有了下落。按翁师傅的说法，砖厂的那些工人都有故事，那么这位追求过自己的秦，他有什么样的故事？飞子老师并不因为他坐牢就要放弃他，不，她现在对这个人更有兴趣了。这个人不光会写高级的情书，还对金钱有超出常人的贪婪。不管怎样，她一定要去见见他。飞子入睡前打定了主意，就安稳地睡着了。

星期三，飞子老师又按时赶上了那班车。她坐在车上，觉得今天是个喜庆的日子。她发现那位女售票员变得非常沉默了，只是偶尔瞟她一眼。难道她猜出了飞子是去城北干什么吗？不太可能吧？

班车到达砖厂时，居然有一大拨人下车，他们看样子全是砖厂工人。飞子夹在这些人当中走时听到了他们的对话，却原来他们都是去看望“老秦”的。飞子踌躇起来了，她没有心理准备。可是打退堂鼓已经来不及了。

“飞子老师！飞子老师！”翁师傅在厂门口大声喊她。

“啊，您来了！我生怕您不来！要知道秦老兄的事就是我自己的事……”

他俩立刻随着这一大群人往西边走去。翁师傅为了让飞子心里踏实，还挽着飞子的手臂，对那些人说飞子是他的“侄女”，这使得他们都瞪眼看着她。跟着大家走了一会儿，飞子的心里也变得踏实了。果然翁师傅没说谎，她很喜欢这些有故事的工人们，被翁师傅挽着也很舒服。她甚至想，如果秦同这位翁师傅差不多，她愿做他的女朋友。

没走多久看守所就到了。大家排成长队，两人一排，因为不知为什么他们被要求两个两个地轮流会见秦。于是翁师傅就同飞子成了一排。

狱警板着脸，用大手将飞子往那过道里一拨，示意翁师傅同她一块儿进去。他俩在过道里转了一个弯就到了那间房子里，但是那间房里并没有人。

“飞子老师，我们先在这儿坐一会儿吧，秦老兄很快就会来。”

翁师傅说完就搂着飞子的肩膀，同她一块儿惬意地坐在简易沙发上。

“您太像是我的侄女了。”翁师傅高兴地说。

飞子也很高兴，她兴奋地盯着那扇门，等待秦从那里出现。

他俩等了十来分钟，秦还没来。又等了十来分钟，秦还是没来。

“怎么回事？”飞子问翁师傅。

“大概他因为知道了您要来，就不好意思出来了。”翁师傅皱着眉头说。

“那么，我们回去？”飞子低声说道。

翁师傅像下了决心似的说了一句“好”，然后他就站起来了。

在过道里，翁师傅还是紧紧地搂着飞子，这让飞子很感动，也不再感到那么失望了。他们出去时，排队等候的那些砖厂工人都瞪眼望着他俩，还有人向飞子点头示意，好像要鼓励她一样。他俩就这样相拥着走到了看守所外面的大街上。

“翁师傅，您去上班吧。”飞子过意不去地说。

“上班？我今天休息。”他摇摇头。

“原来您是专门来陪我的啊，太对不起您了。”

“为什么要说对不起？我很喜欢做这种事。您感觉如何？”

“我感觉不错。多么奇怪啊，没见到我的那位亲戚，扑了个空，却感觉不错。翁师傅，您说这是怎么回事？”飞子眼里充满了迷惘。

翁师傅忽然哈哈大笑，笑得眼泪都出来了。飞子惊异地看着他，好像明白了什么，但又不敢肯定。

“我是笑那些狱警……飞子老师，欢迎您再到我们砖厂来！您会来吗？要知道，我们厂的工人当中有数不清的故事，您一定会感兴趣。这里原先是烟厂，忽然摇身一变，成了砖厂，就像生活中常有的那些事一样。您瞧，我唠叨起来了，您没想到我是个爱唠叨的家伙吧？那么，您还会再来吗？”

飞子紧盯着翁师傅的脸，郑重地点了点头。

“飞子老师，您的班车来了。”他说。

他搂着她横穿过马路，将她送上车，然后站在那里看着班车远去。

女售票员和蔼地对飞子说：“您这么快就回去啊？”

飞子冲她一笑，“嗯”了一声就往后面走去。

飞子坐在后排，心潮起伏。她问自己：“难道我爱上了什么人？”

汽车穿过市中心时，她朝车窗外望去，看见一群白鸽在天上飞。

戴公庙和妹妹的窗花

他们又一次把我撇下了。我说的他们，是我的同学们。本来我们商量好了要在下半夜去戴公庙玩，可是我睡过了头，他们就走了，没有来叫我。这样的情况发生过好几次了。为什么我老是睡过头？再说他们不是都答应了要到楼下来叫我的吗？我妹妹最近忙着剪窗花，她总是剪到凌晨才睡，我问她夜里有人来叫我没有，她告诉我说没有。可能他们是忘记了，他们乐于忘记这种事。可究竟为什么我一到关键的时候就会睡过头？这就好像是我的命。我记得起先我在看妹妹剪窗花，可看了一会儿眼睛就睁不开了，于是我开始在房里走来走去，心里很难受。妹妹劝我去睡，说如果有人来叫我，她肯定会弄醒我。

“哥哥你天生不是劳苦命。”她说。

于是我就睡着了。我醒来时天已大亮，朝窗外一瞧，亮晃晃的街道有种末日的味道。我想，我还一次都没有去过戴公庙。我胆小，一个人不敢去那种地方，但我觉得那里对我有无穷的吸引力。只要一静下来，我脑海里就开始像放电影一样出现戴公庙的场面，那些场面都是我听别人说的。戴公庙是不能随便进去的，小孩子更不能进去，但我的同学们有办法，所以可以半夜去那里面玩耍。他们曾告诉我说，那里面有很多菩萨雕像。到半夜，当油灯灭了之后，那些雕像就会开始移动。真过瘾！真刺激！有一名同学的手被雕像握住了，他一动都不能动，直到清晨才被松开。但那名同学说，他一点都不后悔，因为他同戴公菩萨漫游了奇境。怎么漫游的？没人知道。啊，有一名同学在楼下叫我的名字了。这个时候来叫我又有什么意义？我让他直接上楼到我房间里来。

他的名字叫姜，他也是个胆小的男孩，在教室里他坐在我后面。

他红着脸东张西望，好像有话要对我说。

“你见到戴公菩萨了吗？”我问他。

他点点头，眼光变得飘忽了。

“好玩吗？”

“不知道。”

“怎么会不知道？你又不是死人！”我恶毒地说。

“我根本不是去玩耍的！”他的声音突然提高，脸涨成了紫色。

“那你是去那里干什么？你刚才来叫我，就是为了来告诉我吧？”

“我永远不会告诉你！”

他气冲冲地走掉了。

他到底找我有什么事？我开始后悔将他气走了，现在我得不到一点关于戴公庙的信息了，这不是我想要的结果。

啊，戴公庙，我朝思暮想的处所！我试探地问妹妹：

“阿棱，你有兴趣同我一块儿去戴公庙玩耍吗？”

“没有兴趣。”她说，还很干脆地摇着头。

她想了想，又加了一句：

“我在家剪窗花，也和去那边玩差不多吧。”

我回想起她剪窗花时的神态，感到小小年纪的她真不简单，我这个当哥哥的远不如她有主见。要知道，她绝不是因为害怕而不去那里的，这与我完全不同。不知为什么，一设想独自走在去戴公庙的那条路上，我就感到那是一条绝路。如果有人与我同行的话，就完全不同了。

“哥哥，他们昨夜不来叫你是一件好事，说不定他们自己也没去。”

“可是姜一定去了的，我从他的眼神里看出来了。”

“眼神？很多人都有那种眼神……我不也是那种眼神吗？”

阿棱说得对，她的确有姜那种眼神，他们两人都有无所畏惧的目光。我有没有呢？

我等待着下一次机会。但我的同学们好像都忘了这件事似的。

于是我在下课时装作无意似的提起话头：

“秋天来了，应该找一种有刺激性的事来做。”

姜本来在教室的另一头，听见我说话他立刻就赶过来。

“最有刺激性的事就是钓鱼，对吧？你们大家说说看。”他说。

大家都附和他，七嘴八舌地说起了钓鱼的事。我沉着脸回到我的座位，伏在课桌上，用两手捂住耳朵。我知道姜在嘲弄我，他虽然也胆小，可他那天夜里很可能做出了英雄的壮举。

那时我在哪里？莫非我只有绝路可走了吗？我还这么小，我应该还要活很久很久……

在回家的路上，姜主动和我一块儿走。

“麻可，我很抱歉。”他说。

“没关系。可你为什么要说假话呢？你上我家来那一次，是想告诉我什么事？你现在能告诉我吗？”我热切地看着他。

“我想告诉你的是——我想告诉你那里面什么都没有，只有一个影子！那个影子是我自己想出来的……太可怕了。戴公在哪里？”

他的眼神很茫然。我看着我的这位同学，心里对他产生了深深的厌恶感。却原来他才是真正的胆小鬼，成日里做白日梦的懦夫！我说：“呸！”然后我就离开他，拐进了一条小巷。但我还是想不通，姜既然是这样一种性情，为什么他还要硬撑着去那里？他以前又不是没去过！而我，同他一样，我是真正想去。我不知道我在那庙里会是什么样的表现，这无法预料，可为什么想那么多呢？就这样想来想去，快到家的时候，我已经打定了主意：夜里独闯戴公庙。

我不等自己打瞌睡就出发了。我先在城里游荡，到处看看。深夜到来时，街上和商店里都没人了，我又挨了一会儿才走上那条去郊区的小路。也许是因为情绪高昂，所以我竟不为将要到来的遭遇感到害怕。路上我碰见一个小时候的玩伴，他说他刚从戴公庙出来。“有意思的体验啊。”他的声音显得很轻松。同他的邂逅更令我增添了勇气。“不过一定要从后门进去。”他的一只手掌拍在我的肩上，将我用力一推，然后他就匆匆赶路去了。

这条小路很长，我走了好久。

戴公庙终于在我面前了。我没想到它这么矮，趴在地上像一只乌龟。我绕到它的后面，看见了那个门洞。门开着，里面亮着一盏油灯。我在心里重复同学们的话：“真神秘，真刺激！”

现在我到了里面。除了那盏油灯亮着之外，里面完全是黑的，我隐约看得见那些雕像。我用手摸了一个雕像，可它毫无反应。我又去摸第二个，还是毫无反应。第三个亦如此。它们都是木雕，我听人说起过，可它们摸上去怎么这么冷？并没有发生什么恐怖的事。我慢慢变得活跃起来，我的眼睛适应了里面的黑暗，可以辨认出这些菩萨的方位了。它们都是靠墙而立，每一位的嘴唇都很突出，很大。我喜欢这些大嘴，在那个部位摸了又摸，浮想联翩。“您是戴公吗？您就是戴公吧……”

我听见自己在唠唠叨叨地问它们，我对自己的行为感到很惊讶，因为我平时并不是这种多嘴的人。我感到有一个雕像的脸在我的触摸下颤抖起来，但它还是很冷，像冰一样。我把持不住，终于将冻僵了的手缩回来，放到嘴边哈气。“多么冷啊，您！”我说。“多么冷啊。”它也用低沉的声音回应道。我吓得立刻跳开了。“您是戴公吗？”我喘着气问它。“是戴公吗？”它又回应。

“进了戴公庙，就不能违反这里的规矩。”一个声音在后门那里响起。

“是什么规矩呢？”我问。

“现在你该离开了。”他的声音很强硬。

我想从前门出去，就摸索着往那个方向走。

“哪里去？”那声音带有威胁的意味。

“我这是回家去啊。”

“哪里来的哪里去！”

声音的背后似乎有张狰狞的脸。我只好乖乖地从后门的门庭出去了。

“如果不想死，下次就不要再来了！”那声音在我背后恶狠狠地喊。

我一边快走一边紧张地思索。我不想死，可我为什么刚一出来就在想着下一次再来？那么我这算不算想死呢？啊，这种问题，想得脑袋都要炸开了一样。不过触摸那些冰块一样的菩萨真是过瘾，真是刺激。冷到了心里，真是透彻的感觉。我一定要将这种感觉告诉阿棱，看看她剪窗花是不是也有这种感觉。我的天，我的天，我还从来没有想过这种古怪的事呢。看看太阳吧，不是已经升起来了吗？下夜班的那些人不是在街上走吗？夜里真的发生过离奇的事吗？还有姜，我要告诉他，我不同意他。那里面不是什么都没有，而是一切都有！对，就是一切都有！我记得它们，还有更多隐没的。

“阿棱，我回来了！你夜里没睡吗？”

“没有，哥哥，我将你剪成了窗花。这是从来没有过的呢。我一边剪一边想，哥哥肯定出了什么事，所以他就到我的窗花里面来了。我剪的是一朵冰花。”

“可能刚好那个时候我正在摸一团冰。哈，我们俩所去的是同一个地方！阿棱，我困死了，我睡觉去。”

我一倒在床上就闭了眼。但是我又没有完全睡着，我感到有个人站在我床头盯着我看，应该是阿棱吧。

我一到学校，他们就围上来了。

“麻可，你这家伙，一人独享啊。钓到了大鱼吧？”

“麻可，你打算今后独来独往了？不要你的好同学了？”

“真不像话，假装寂寞，却又一个人跑去找乐子！”

我气坏了，冲出包围圈恶狠狠地对他们说：

“你们这些奸滑的小人！不要以为你们可以操纵我！”

我一个人进了空空的教室，坐在自己的位子上。我听到他们还在外面说我，他们对我的举动好像很诧异。因为我以前没有反抗过他们，总是对他们抱有希望。接着我又听到姜在大声地说，只有他懂得我的心，他知道我是真正寂寞、真正空虚到了极点。“要不谁有胆量一个人去那种地方？就像吃了豹子胆一样！”

姜的话音一落我就破口大骂起来，我记得我骂了“伪善者”这种话。可他真的是伪善吗？如果他告诉我的关于庙里的情况全是真话呢？我爷爷活着的时候常对我说：“一个人看见的是一匹马，另一个人看见的是一把扫帚。”这话我一辈子都忘不了。正想到这里老师就进来了，他们大家也随着冲了进来，各就各位。不知为什么，袁老师的目光投向我，阴阳怪气地说：

“麻可来得真早，为我们大家做出了榜样。”

我恨恨地低下了头。

有一个小纸团落到了我桌上，打开一看，是姜写的，邀请我今夜和他一块儿去庙里探险。他的确写了“探险”两个字。看来我错怪了他。

又一个纸团飞过来了。这个纸团是牛仔扔过来的，上面写道：夜里一点整装出发。我感激地看了看牛仔，心里涌出一股热浪。我的目光向周围扫视了一圈，发现大家都热切地看着我，有几个还半张着嘴，好像在等我决定什么。就连袁老师，也一反刚才的态度，变得笑眯眯的了。

我红着脸站起来，就好像要回答老师的问题一样（其实他并未问我）。

“我保证——”我说。

我没有说完就坐下来了，因为我不知道要说什么。

“麻可同学变得思维有条理了。”袁老师说。

袁老师在讲历史课。我不断地走神。奇怪的是，尽管走神，我却听出了老师的言外之意。他说的不是民族的历史，却是这个班的同学们访问戴公庙的经过。他的比喻无比地巧妙，让人越听越感到贴心。他是如何知道我这样的人心里的事的？

就像去我家调查过，然后经过推理猜出来的一样。可惜很快就到下课的时间了。袁老师放下书本嘱咐我们说：

“可不要轻易放手啊。一放手，就再也追不到了。”

老师说这话时，我发现很多人都在暗笑，不知他们为什么笑。

放学回家了，我以为大家都会来找我说话，可是没有，他们全躲着我，不知道溜到哪里去了。真是些不可捉摸的家伙啊。我在心里暗下决心，命令自己在夜里守夜，哪怕困得不行了也要坚持。

“阿棱，你说他们会不会真心要同我去？”

“当然是真心，你一说我就听出来了。麻可，你转运了，你现在要忙起来了。很快你就会变成同我一样的劳苦命。”阿棱嘻嘻地笑着说。

我的妹妹，她比我更懂得我自己。于一刹那间，我明白了这件事里面的玄机。我是怎么变得这么聪明起来了的？

我不是一点钟，而是更早，十二点就出发了。我知道他们不会来。我不是独自一人去过戴公庙了吗？他们全知道了，所以更不会来叫我了。

今夜不同于以往，这条路上有很多人。他们离我有段距离，都晃着手电，边走边交谈。我心里纳闷，他们都是去庙里的吗？他们不是我的同学，是一些成年人。成年人也对这种游戏感兴趣？看来如今的世道正在大变。我并不希望同这些人相遇，我更喜欢自己一个人去“历险”。但看来他们都是直奔那个地方。

啊，他们停下来了，他们好像在等我！这些老爷爷老奶奶，他们早就看见了我。真见鬼，我怎么办？我只能走到他们面前去寒暄了，看看他们说些什么吧。“爷爷奶奶你们好！”我说。

我一到他们当中，他们就集体沉默下来了。接着他们就站了起来，长长的队伍又开始移动了。我调整自己的脚步，迎合着他们的速度。没有人同我交谈，但我在队伍中感到了一种和谐的氛围，就好像我们大家都是奔着同一个目标去那里似的。我还感到这些老人对我的了解很深，我不知道那是什么性质的了解。也许我还没有出生他们就知道了关于我的很多情况？

“注意脚下。”老爷爷说。

啊，确实有什么东西在吸住我的脚板，是什么呢？那种吸力并不是很大，就像是泥土本身有种磁力一样，倒给人一种新奇好玩的感觉。不过这一来，我们的速度慢下来了。

“你的脚抬得越高，吸力就越大。”老爷爷又说。

“爷爷，您知道这是为什么吗？”我问。

“如果你想跳高，你会发现你根本跳不了。”他没有回答我的问题。

我小心地贴着地面挪动脚步，只有以这种方式才能慢慢走动。奇怪，我能感觉到其他人的动作也同我一样。这些打着手电的人影，他们全在偏着头倾听。啊，有嗡嗡的声音来自脚下的这条土路。泥地似乎要向我们倾诉一件事，是因为这个目的，它才吸住我们的脚板的？

我们的队伍停下来了，大家都席地而坐。我也坐下了。土地开始晃动，每个人的身体都随着一齐摇晃。

“麻可，把握好节奏！”老爷爷说。

他叫我的名字，可我怎么不认识他？啊，太舒服了，就像婴儿在摇篮里一样。我在摇篮里时，母亲就是这样摇我的吧？可惜我从来不知道关于她的任何事。他们都在轻声地呼唤着一个人，我慢慢听出来了，他们唤的是“母亲”，或者“奶奶”。多么亲切啊，我也忍不住唤出声来了，我唤的是“妈妈”。当我唤出“妈妈”时，那地下的嗡嗡声就改变了，变成暗号似的呼哨声。我想，莫非那是在唤我的名字，一个多年前被人们遗忘了的我的真名？我唤了两声妈妈之后，喉咙里就再也发不出声音了。而地下的呼哨声却越来越响，这声音渐渐地增强，不再限于我们的这条路，终于响彻天宇了。老人们都惊跳起来，只有我还坐在地上。

“麻可，如果你到了戴公庙，可不要忘了我啊！”老爷爷说。

所有的老人都在离开这条路。大地的颤动使得他们走几步又摔倒，爬起来又再走。这些人都很强健，他们的动作像年轻人一样有活力。老爷爷最后一个走，他朝我摆手，说道：“代我向戴公问好！”

就这样，我连走带爬地来到了庙门口。我绕到后门那里时，大地的颤动已经平息了。门庭那里还是亮着那盏油灯，一股阴风从里面吹出，吹到我的脸上。先前听到过的那个声音又响起来了。

“你不是同他见过面了吗？连游戏都一块儿玩过了，怎么又来了？”

“请问您说的是谁？我是来看戴公菩萨的。”

“还能有谁？刚才你不是得到他的关照了吗？这种福利可

不是人人都能享受的，你得好好回味！”

“那么，我不能进去了吗？”

“不能。你得赶快离开。”

往回走时，我一路都很顺利，只是四周黑漆漆的，使我怀疑先前往这里来时所发生的一切。当时脚下的那种吸引力是来自地心吗？那些老人，居然是庙里的菩萨？还要过多久，我才能再享受到坐在摇篮里的乐趣？看来不会有人回答我的问题了。现在连那条路都看不见了，我只能凭记忆迈动脚步了。我想，我权当这里是个巨大的摇篮，我随便走吧，反正也没什么事，也不急着回家，就走到哪儿算哪儿吧。这样一想时，老爷爷的形象就出现在我的脑海里。如果他真的是戴公的话，我该多么荣幸啊！我没料到他会选中我这个不起眼的人。而且他还知道我的名字，这场相遇就好像是经过安排的一样，他要我“把握好节奏”，应和大地的晃动！临走时他还嘱咐我不要忘记他……而我自己，我急不可耐，十二点就出发了，我为什么这么急？我还变得胆大包天，独自一人闯戴公庙。如果在从前，谁会相信这是我做出来的事啊！我就这样激动地回味着，根本忘记了周围的黑暗和死寂，沉浸在那个游戏的细节中。我还回忆起了白天里袁老师对待我的奇怪态度，现在看来他是在鼓励我。

我在黑地里走了很久，我不知道有多久。反正我一直在“回味”，庙里那人的话就像是魔咒一样。我不知厌倦地重温今夜的这个游戏，对每个细节加以推敲，加以联想，就好像我是为这类游戏而生的一样。渐渐地，我开始认定我是戴公选中的那个人了。我得到了幸福，这必定是少有的事，不是连姜都没有得到吗？到目前为止他还仅仅得到了恐惧。回去以后，我要把我的事告诉他，这样他就会变得有信心，也会更加大胆……奇怪，我刚一想到姜，想到我的同学们，阿棱的声音就在前方响起来了。

“麻可，这里的氛围多么好啊，尤其是地底下。”她高声说。

我听得到她的声音，可我看不到她。她在哪里？

“我在你的近旁。我总是在你的近旁。我怎么会远离你呢？”

她好像听到了我心里的话，有点抱怨我了。我又在心里说：“阿棱妹妹，我多么喜爱你啊！”

“要是能坐在这里，永远待下去就好了。”阿棱又说，“我没有时间像你这样待着，我总是要剪窗花……”

“可是你也可以从家里跑出来啊。我原来老害怕，结果一到外面，发现很多事都如我所愿了。”

“那怎么行！”她惊恐地说，“不剪窗花，我会死的。今后你的工作大概就是每天半夜去见戴公，你也成了劳苦命，可你捞了个好工作。这些年，我一直在想，哥哥什么时候能够心想事成呢？要知道妈妈还在时，这可是她的心病啊。麻可，麻可，你将你的脚抬高一点，这里是门槛！你看不见吗？”

我的确看不见，周围这么黑。可我已经坐在饭桌边了。阿棱端来饭菜，我稀里糊涂地吃着。我吃完就伏在桌上打瞌睡，蒙眬中听见妹妹在同人说话，两人都欲言又止似的。妹妹好像在说我活不长，所以要“快马加鞭”，争取一个满意的结局。另外那人则说，要常常提醒我关于生活中的阴暗面，免得我被冲昏头脑。我觉得另外那人的声音有点像我的同学姜。这个密探，难道他打进我们家里来了？我很想站起来怒斥他，但我的全身软绵绵的，并且我怎么也醒不了。后来姜就走了，我松了口气。

我醒来时，到处都是亮堂堂的。阿棱手拿窗花跑过来说：

“哥哥你瞧，瞧正中间这朵菊花，看见了吗？你已经穿过了戴公庙！”

我发现她的眼里噙着泪花。我的妹妹，她该有多么了不起的眼力，我以前怎么不知道呢？

古城墙

有好多年了，我的老友蚕一直住在古城墙废墟那一带。原先那里住着七八户人家，后来有一天，像约好了似的，他们一块儿遗弃了他们的老房子，搬到市中心去了。自那以后，蚕就孤独地待在那荒凉的地方了。蚕早年有过工作和家庭，后来运气不好，失去了一切，只剩下古城墙废墟旁边的一栋祖屋。他搬进矮小的青砖瓦屋后，就靠微薄的养老金生活。

古城墙早就被推倒运走了，但不知为什么，有几处断壁残垣从泥土中露出来，显示着往日的威严。当我看到它们时，心里就感到欣慰，因为老友住在它们旁边，总有那么一点守护的意味吧。

我经常去看望老友蚕，好像是种义务似的。通常快到他家时我就用力吹一声口哨，于是他就出现在那矮矮的屋檐下了。他高高瘦瘦的，站在那屋檐下甚至要哈一点腰。

我俩进了屋，他就去烧茶。房子矮，自然就阴暗。我坐在那木沙发上总是想入非非，而且有时产生幻听。

“树凉，现在有眉目了吗？”喝茶的时候他问我。

他指的是我搞推销的事，我的货物总推销不出去。

“一点眉目都没有，别提它了。你这里很舒服，我如果丢了工作，就到你这里来住。真奇怪，城墙早没了，一群群的蝙蝠还是飞来。”

“你不要看表面现象！城墙怎么没了？只有蝙蝠知道真相。”

蚕的话令我产生了一点小小的不安，我克制着自己。

“我这里从来不缺娱乐。开春的时候，有很多旗帜在半空迎风飘扬，十分壮观。”他昂着头，仿佛正在看那些旗帜。

“蚕，你还是半夜出动吗？”

“是这么回事。不过最近，我白天也有时出动，因为有东西开始长出来了。移走的是地面上那一点点，下面部分是一整个宇宙。”

我和蚕的谈话总是那么默契，大概因为我们想谈论的是同一件事吧。我知道他不甘寂寞，不，应该说他确实一点儿都不寂寞。如他说的，他总在宇宙间穿梭。他告诉我，最近有搬走的邻居跑回来，到他的小屋里来诉苦。

茶喝完了，我和他就起身到屋外去走一走。这是我第一次同他到周围散步，是由他提议的。以前我同他总是坐在小屋里一块儿冥想一块儿闲聊，饿了就随便煮一点什么吃，几乎分不出白天和黑夜。

我的兴致很高，因为我心中有不少疑问。

然而蚕从屋里一出来就变得很紧张了。他低着头，双眼紧盯着脚下的那条土路，似乎想从那一道一道的裂缝里发现点什么。而且他也不再同我说话，仿佛已经忘记了我的存在。走出一两里路之后我忍不住大叫了一声：

“蚕！！！”

“啊？？哈，树凉，你不要为我担心，我找得到回家的路。”

看来他已经不记得我同他是一块儿从他家里出来的了。我用脚用力在泥土上蹬了几下，居然听到空洞的回声。泥土之下到底是什么样的一种情形呢？我跟在蚕的后面，我的目光投向宽敞荒凉的远方，那个处所的上方挂着一轮红日，但光芒已经暗淡了。不知为什么，这景象让我有点慌张。再看我的老友，他什么地方都不看，只盯着脚下。我忽然想到，蚕大概听到了下面发出的声音，他要找那个生长点……

我也想听，但我完全听不到任何声音从下面发出，只有蝙蝠从耳边飞过的声波传到我的耳膜。我独自回家了。

“树凉，你今天去了古城墙那边吧？”我妻子问。

“是啊，谁看见我了？”

“每个人都看见你了。我同事说你和蚕一前一后在半天云里走。”

“这画面真美，可惜不是那么回事。应该说实际的画面很阴沉。”

妻子不相信地看了我一眼，继续做她的编织工作。

我想要回忆起关于古城墙的形象，但脑海里除了几块蝙蝠形状的黑斑以外，没有别的东西。为什么妻子的同事会看见我和蚕在半天云里行走呢？我们一点都不是那种逍遥快活的样子啊。

我已经决定不再推销了，其实做不做都一样，没人需要我的产品。听天由命吧。妻子说："车到山前必有路。"

今天雨停了，我要去古城墙那边，我好像只提得起兴趣去那里。实际上整整一个星期我都在琢磨：长出来的东西会是什么模样？蚕是个有魔力的人，他说过的话让人难忘。

我吹口哨，他居然不在。这种情况以前从未发生过，因为他傍晚从不外出。门没锁，我进去了。也许他料到了我会来，所以桌上有烧好了的茶。

喝着茶，我想，会不会发生变故呢？刚才来这里的路上，我的确看见有一截新的城墙露出了地面。不过上面蒙着那么厚的泥灰，我不能确定是不是城墙。如果是，那就是从地里长出来的。或许是它感到了蚕的渴望才长出来的？果真如此，蚕为什么不将它上面蒙的泥灰扫掉呢？

现在屋里静得有点可怕，为了壮胆，我就站起来走动。哈，靠里面的墙上有新挂上去的相框！相框里是一男一女两位老人，很可能是蚕的父母。两人端端正正地坐在椅子里头，双手放在膝头上。

"你是他的朋友吗？"有声音在房里响起。

我觉得应该是蚕的妈妈在说话，可那墙上的照片并无动静。

我不敢回答，因为心虚。我站到屋角，想躲起来。

“你是他的朋友吗？”那声音又问。

“我是，我，我来看我的老友蚕……”我慌张地回答。

响起了老女人的毛骨悚然的笑声，我吓得奔到了屋外。

那声音追着我喊道：

“是他的朋友，就该追随他下地狱！”

我跑出了好远才停下来。我正好停在那土里长出的一截城墙前。这东西并没有断壁残垣的形状，而像是一团模模糊糊的土墩，可不知为什么，我感到它就是城墙。我蹲下来，将耳朵贴近那土墩，但它里面有种恐怖的声音又把我吓跑了。那是什么声音？不知道，也形容不出来。

我站在那条唯一的通往城里的路上，身心疲惫，双腿发软。

一个人影出现在路上，我等着他靠近，他应该是我的老友蚕。

“树凉，为什么你不能接受新生事物呢？”蚕不无忧虑地说。

“给我一点时间吧。我是个脆弱的人，得慢慢习惯。”我说。

其实我心里乱得很，也许我是在敷衍他吧，因为总得说点什么。

“你看！”他指着那土墩大声说。

啊，那东西正在冒烟！我闻到了松树枝燃烧的香味，真是沁人心脾啊。蚕隐没在烟雾里，我看不见他了。我伸出双手想拨开那烟雾，口里不住地说：“蚕，是你吗？蚕……是你吗？”我的眼睛被熏得流泪，没人回答我。不知为什么，我一点都不想离开那自燃的土墩。我看到了火光，忽明忽灭，像是在引诱我。

有一股东西在我胸膛里聚集，我也不知哪来的勇气，走过去一屁股坐在那土墩上。我一坐下去心里就轻松了，好像所有的问题全都解决了一样。哈，这下面喷出的火一点都不烫，刚才我为什么要害怕呢？我用手摸了摸“城墙”——可它根本不是城墙！我摸到了软软的东西，像是人的身体。

“你是谁？”我问。

“我一直在这里等你。你是蚕的朋友。这一带有我们的团伙，不少人，我们很善于伪装。刚才你往我身上一坐，我乐坏了。”

“你认为我加入你们的团伙了吗？”

“不，一点也不。没有那么容易。”

“那么蚕已经加入你们了吗？”

“蚕是个老运动员了。他不会加入的，不过那也没有什么区别。他总在我们当中混，他想偷听老城墙的秘密。”

“看来你们是知道那些秘密的。”我热切地说。

“知道也没有用，反正我们又说不出来。我们一着急要说就会冒烟，会喷火，刚才你不是都看见了吗。”

那人站起来了，他的身形在夜幕下显得很潦倒。我问他为什么对我坐在他身上感到高兴，他想了半天才回答说：

“有共鸣嘛。刚才你不也是这样想的吗？”

他说得对，刚才我的确是这样想的。

“我要回去了。”他说。

“你的家在这泥土下面吧？”

“瞧你想到哪里去了！我的家就在你上班的公司附近。我注意你好久了，但你从不注意我。”

他走了，我还在这一带徘徊。我想碰到蚕，或者碰到那人的同伙。可是已经太晚了，我觉得我扰乱了这个地方的秩序，这个黑沉沉的地方今夜不会再有任何人或事出现和发生了。我必须回去，让一切都重新开始。我以前相信闯入，今夜的失败让我改变了看法。你怎么能闯入你想去的地方呢？必须要心怀计谋才能如愿以偿。但我恰好是一个没有计谋的庸碌之辈，这从我干了这么多年的推销这件事上就显现出来了。我又想到蚕，想到他深不可测的城府。现在他不是已经成了所有的人的主心骨了吗？地下的城市为他生长，他差不多可以呼风唤雨了。刚才那人一定是在贬低他，其实那人自己才是想偷听秘密的人。设想一下吧，只有蚕独自一人住在这地方，谁会比他对这地方更了解？只有蚕才会对古城墙今日的情况说得出一些东西，那人和他的同伙是说不出的，他自己也承认这一点。

“蚕！蚕！”我兴奋地叫了起来。

“树凉，你怎么还没走？”他的口气有点责备的意味。

“我不走了！我为什么要走啊，我今夜去你家借宿。”

“欢迎啊。嫂夫人在家里，她没意见？”

“就是她命令我来这里的。”

蚕的身上散发出奇怪的气味，一点都不像他平时的气味。

“你刚才去哪里了？”我问。

“我还能去哪里？你都知道，是老地方。”

“刚才有一个人在这里冒充城墙，我扫了他的兴，他回家了。”

"嗯，总有些人来这里。那不是冒充，他就是城墙，不是连你都看出来了吗？常常，我也加入到他们当中。"

"难怪总有不同的断壁残垣露出地面……"

"你的观察真细致。"

我俩一块儿回到了蚕的家中。我看了看壁上的挂钟，才晚上十点半。时间怎么过得如此之慢？我将我的疑虑说了出来，蚕耸了耸眉毛说：

"这里的情况不同。"

虽然时间还早，可我来了瞌睡，我的眼睛都快睁不开了。听见蚕在说，我可以睡在他的床上，他还要出去一会儿，他回来以后就睡木沙发。我感激地在他的床上躺下了。但我并没有马上入睡，虽然闭着眼，我还是看见小屋的天花板朝我压了下来，仅仅离开我一尺多的距离。我像被一具棺材裹住了一般。"蚕……蚕……"我尽力喊道，可我发不出声音。我听见门响了一下，大概他出去了。我突然被一个念头惊醒了：我来的时候是被蚕父母的鬼魂吓跑的，现在蚕离开了，我一定是被鬼魂抓住了，所以一动都不能动。我是出于自己的意志躺在这小屋里的，这不是鬼迷心窍了吗？我决定一不做二不休，倒想看看有什么噩运会落到我的头上。再说能有什么更坏的噩运，我不是已被生活所抛弃了吗？这样一想，我心里倒也有了某种底气。也许是因为我有了底气，那天花板又升上去了，我可以在床上自由翻动了。

居然有一个人推门进来了，是一位白发中年男子。

“嘿嘿，我是来随便坐坐的。”

我穿好鞋走到沙发那边去。

“您是他的邻居吧？”我说。

“是啊。我后悔搬走，现在我没事就往这里来。您这位朋友是一块磁石，我们这些人都离不开他。”

这个人嘴里缺了好多牙齿，笑起来显得特别可爱。

“现在几点钟了？”我不放心地问。

他看了看他的腕表，说：“十点三十五分。”

“啊，时间过得真慢。”我说。

“您应该感到庆幸嘛。我不同你聊天了，那边有事情等着我。”

他说完就出去了。他一出去另外一个人就进来了。

这个人同刚走的那个人很相像，也是白发，不过比那人矮一点。

“您是来随便坐坐的吗？”我问他。

“您真会猜，正是这样。这里是我们的安全岛——外面虽好，风险还是很大的。”他边说边坐下。

“您认为我该不该去外面闯一闯？”

“当然应该。您不是一般的人，您是蚕的朋友，外面那些游戏都是为您设计的。再说时间还这么早。”

他的话音刚一落我就又到了外面。这时外面已是伸手不见五指了。或许真像那人说的，此地到处都有风险。我犹豫着，不知道要不要抬脚向前方走。这时小屋里响起了一阵狂笑，看来那人在嘲笑我，他一定是从窗口看见了我的模样。于是我就朝黑地里走了几步。

“你踩着我了。”一个声音说。

我不由自主地往后一退，坐在了地上。

“干吗那么急躁？这地上到处都是人。”那声音又说。

“你们都是古城墙吗？”我提高了嗓门问道。

“我感到了，你是来终结我们的游戏的。我走了，你来取代我吧。那边有一颗星星升上来了，祝你好运。”

我坐在温暖的地上，在这充满希望的夜里……

建在山上的居民小区

我和哥哥阿美到达那个居民小区的时候，天已经黑下来了。矗立在我们面前的是一个巨大的黑影。来之前听好朋友云儿说，这个居民小区在一座山上，小区里住的人很多，也很混杂，什么人都有。我们爬了一段上坡，就听到向导说我们已经经过了大门。真见鬼，我们连大门朝哪里开都弄不清楚，什么都看不见，连盏路灯都没有。这么黑乎乎的，难道居民家里都不点灯吗？向导不回答我的问题，闷着头在我们前面爬坡。

“你瞧，一颗星！”阿美突然说，他显得很激动。

坡的右边真的出现了一颗很亮的星，我们就是往那里走去。可是离得越近我们越失望，那根本不是星星，只不过是一个男人在空旷的草地上摆了张桌子，桌子上放了一盏台灯。他正在自己同自己下象棋。我们没有接近他，向导带我们拐到了另外一条路上。这条路更陡，爬起来有点吃力，但向导看上去一点也不吃力。

为什么我们连一幢房子都看不到？向导终于开口说话了，我们之所以看不到一所房子，是因为我们的视觉还没适应这个小区的环境。其实这里到处都亮着灯，夜生活也很丰富，过几天我们就看得出来了，眼睛需要一个适应过程。我想，这家伙在胡说八道。当初阿美经人介绍，冒冒失失地租了这里的房子，我们简单地收拾了一下行李，就跟着向导过来了。我们是想住在风景优美的地方，学习绘画。白天这里看起来会不会风景很好呢？“这里是世界上风景最好的地方。只是小区太大了，容易迷路。只要你不怕迷路，住在这里就很舒服。”向导的话令我心中充满了神往。这是一个什么样的居民小区啊，居然还会容易迷路！这里的居民都会摆迷魂阵吗？就像刚才下象棋的男子一样吗？

我们走得太久了，怎么会要走这么久？先前看见的黑影的确是一座山，这座山到底有多大，多高？我和阿美都已经饥肠辘辘，我们很想去饭馆吃一顿。可是向导说，饭馆早就关门了。唉，都快午夜了。“你们的房子在半山腰。”向导幸灾乐祸地说。这就是说，我们还没爬到半山腰呢。我心里一沉。难怪说容易迷路！我问他这个小区当初开发时共耗费了多少年。“大概四五十年吧。”他说，“开发商没什么整体规划，平一块地，又盖几间房，小区是陆陆续续建起来的。奇怪的是整体成形之后看上去非常宏伟。”我和阿美听了这种介绍都吃惊得说不出话来。我们默默地爬坡，也忘了肚子饿。

不知过了多久（那一定是很久），忽然听到向导大声说：

“到了！”

他指着前方模糊的一团东西，告诉我们就在二楼右手边。他将冰冷的钥匙塞到我手中，说他还有急事要赶回去。

“明天早上你们两个会欢喜得蹦起来！”

他的声音从远方传来——他到底是在跑还是在飞？

我和阿美摸索着上到了二楼，右边的确有一扇门。我的手在发抖，总是找不到锁洞。阿美不耐烦了，夺过钥匙用力一插，一旋，那扇门发出一声怪叫洞开了。我们俩心里的那块石头落了地。

又摸索了一会儿，我们找到了客厅里的沙发，便坐下来吃带来的干粮。我和阿美狼吞虎咽地将带来的烧饼吃了个精光，又将水壶里的水喝完了。

“那向导是一个阴谋家。”阿美说。

“管他呢，他将我们带到了这里，还是要感谢他。”

我们又顺利地找到了卫生间，解决了生理需要。

房里有两个卧室，还配备了被褥！床也很舒适，被褥发出清香。啊，这是怎么回事？好像有人专门为迎接我们做了准备！也许这一路的冷漠并不是真的冷漠，而是我们的眼盲所致。

“阿美！”我大声喊睡在对面房里的哥哥，“你睡得舒服吗？”

“大熊（我的小名），我在旅行，舒服极了！”

阿美的声音像从岩洞里传过来的一样。他在旅行？他在做旅行的好梦？我虽然好奇，但实在抵挡不了瞌睡，一会儿就变得迷迷糊糊了。

不知过了多久，有人把我拖下了床。是阿美。他说我是个傻瓜，有这么好玩的事不去参加，埋头在这里蠢睡。

“困死了。”我揉着眼埋怨。

他紧紧地抓着我一块儿下楼，其间我还绊了一下，倒在他身上。我感到阿美的身躯坚如磐石，这让我很吃惊。一会儿我的脚就踩在了草地上，这草地厚而绵软，应该是人工培植的吧。“去哪里？去哪里……”我反复地唠叨。阿美还是死死地抓住我的手臂。

我又看见了星星，不是一颗，而是两颗，一颗在左，一颗在右。

“那是两个打网球的小伙子，他们的帽子上有灯。”阿美说。

我想，阿美的视力恢复得多么快，也许他现在什么都看得见了，所以才会感到这么有趣。他想同我一块儿参加什么样的游戏？是去打网球吗？

“我们要去蝙蝠洞。”他说。

“很远吗？”

“不知道。他们说这里去任何地方的路程都没法计算。不过我问了一位老人，把路线弄清楚了。”

我们仍然是爬坡，难道那地方是在山顶？我问阿美，阿美回答说，老人告诉他只要往上爬就不会走错。这时我闻到了烤面包的香气，阿美要我站在原地不动，他去买面包和牛奶。我惴惴不安地站在黑地里，感到脚下的草地已变成了碎石子地。阿美走后，我朝四周张望，既看不到星星，也看不到灯火。

我等得太久了，脑子里浮出一个念头：阿美会不会遗弃我？

“阿美！阿美！”我放开喉咙喊。

起先只有风声回答我。忽然，他的声音传来了。

“大熊，你往前走吧……不要……管我……”

那声音离得很远。我得往前走，前面不是有巨大的黑影吗？正像我们刚到红旗小区（这是小区的名字）时看到的那个黑影。我在小区内，我应该迎着这黑影走。做出了这个决定后，我就没那么紧张了。这边的坡很陡，我已经摔了好几跤。每摔一跤，我就听见阿美在旁边叹气。我叫他，他却不回答。既然他在附近，我肯定没有迷路。

我终于看到了第一栋房屋。它出现得很突兀，我的额头碰在墙上。

“去蝙蝠洞吗？一直走，别绕道。”屋里有个声音说。

“可一直走就是这堵墙，我只能绕过您的房子。”我委屈地说。

“那你就不用去了！”他不耐烦地说，还加了一句骂人的话。

我站在原地张望，可还是只看得见这栋房子。我忽然明白了这个人的话，于是猛地一推那扇木门，接着我就进了屋。

一进那屋子，我就恢复了视力。

那人坐在书桌边，正在台灯下独自下象棋。他连头也没抬。

“我们见过面。”我鼓起勇气说，“就在那边草地上。”

“是吗？那时你以为我是什么东西呢？”他放下手中的棋子。

“那时我以为您是一颗星星。”我说。

“哈，好！”他站起来，开始在屋里走来走去。

我注意到墙上有三幅大猩猩的照片，都很威严，甚至有点吓人。我再看窗户外面，外面还是很黑，只是某棵大树的树冠上有一点亮光，像从天上坠落下来的星星。我冲口而出道：“我们的小区应该称为星星小区。”

“有道理。”他点了点头，“连我自己都觉得我是一颗星星。说实话，你找不出比我们这里更美的地方了。我们这里的居民没人愿意搬走。”

我仔细打量他，看见他穿一身皱巴巴的制服，赤着一双脚，头发也快掉光了。可是当他将目光转向我时，我立刻感到这人的眉宇间有股不一般的定力。

“我姓宗，你叫我老宗吧。”他朝我伸出手来。

他的手掌握起来很硬，令我想起岩石。他说他早就听说了我要来，还知道我的名字叫大熊。起先他在草地那边看见我和阿美时，他对我们有成见，认为我们会爬不上这里的陡坡，会打道回府。因为很多外来人都是这样的。可是我们竟然住下来了，这可是一件大事，这让他对我和阿美产生了一种责任感。他说话时一直在屋里走来走去，当我的目光移到那三幅猩猩的照片上时，竟然发现它们都在对老宗挤眉弄眼。

“老宗，您认为我和我哥哥能在你们这里扎根吗？”

“扎根？你们不是已经扎根了吗？”他扬了扬眉毛，“你，还有阿美，你们俩今夜在这里唱主角，这台戏才刚开始呢！刚才看到你破门而入的疯劲，我就已经断定你入戏了。好小伙子，小心蝙蝠！”

果然有什么东西在我的额头啄了一下，额头上立刻流血了。我有点慌张。

“你瞧，你多么冒失啊！”老宗大声说，“你撞着了它！”

“是蝙蝠吗？”我狼狈地问。

“别管它了。你从我这里出去，一直往上爬，会看见有趣的事。我们这里有一个现象你注意到了吗？没有？我来告诉你吧——这里的路全是上坡路，没有下坡路，要费力。”

我觉得自己仿佛注意到了这个现象，又仿佛并没注意到。可我不是一直在爬坡吗？爬坡是一件美好的事，我愿意做费力的事。我出了门，虽然看不见路，但只要迈开脚步往上爬就是。听了老宗的话之后，我比以前心里有底了。我想找那颗粘在树冠上的星星，没想到我又变得眼盲了，连一棵树都看不见了。

黑暗中有人在吹口哨。也许那人在为我引路？我跟随那哨声走，心里一阵一阵地涌出暖流。这个人应该是那种热心肠的人，就像老宗一样。

“我的名字叫大熊，请问您是谁？”我朝着前方喊道。

口哨声立刻停止了，周围的寂静令我发怵。真的有一个人在前面走吗？会不会是我的幻觉？我回转身去张望刚才离开的房子。哈，我看到了，它在底下，已经离得很远很远了，像在黑咕隆咚的沟壑里一样，微弱的光好像是从窗口发出的。那应该是我待过的房子。在短短的时间里，我已经爬得这么高了，这游戏真不坏！

在前方，在上面，有什么事在等待着我？我已经按哥哥说的去过了蝙蝠洞，还被蝙蝠咬了一口。然而我很好，什么事也没出。我不知道这是因为我的聪明呢还是因为我的愚蠢。如果换一个人，会将那扇门撞开吗？蠢人有福气。

“你这么快就回来了，我以为你会天亮才回来呢。”阿美说道。

他拉我在沙发上坐下，递给我一杯热茶。却原来我已经回家了。阿美说天快要亮了，还说我如果没睡足可以再去睡。

“阿美，你去过老宗家了吗？”

“你是说大本营？有猩猩照片的那一家？我去过了，夜里参加游戏的人都要从他家经过。这个人非常了不起，他的家是大本营。”

后来我就听不清他说什么了，蒙眬中见他的嘴巴一动一动的。

我醒来时，阿美告诉我说我们已经来到这里三天了。老宗和先前的那位向导老于都来看望过我，他们对我的状态很满意。

“什么叫‘很满意’？为什么天还没有亮就已经过去三天了？”我问。

“他们仔细看了你的脸和额头，说你在进化，令他们欣慰。你没感到时间过得这么快，是因为你身上有时差。我嘛，更能入乡随俗，所以我同小区的居民已经打成一片了。我现在不画画了，我参加活动。”

阿美的脸上焕发出一种光彩，连我都被他感染了。我跳起来到卫生间去冲了一个冷水澡。我从卫生间的窗户向外看，发现自己的视力恢复了。我看见我们的房子的确建在很陡的斜坡上，但它并不给人一种危险的感觉，反而显得很笃定。它就好像在说，房子就应该同周围环境协调。有两个小孩正从坡底下冲上来，速度之快就像两粒弹子一样。他们撞到了房子的墙壁上，被弹起老高，然后落在了草地上。

“大熊，来吃早餐吧。”阿美在叫我。

早餐有燕麦粥、鲜牛奶、烤面包，还有水果。阿美说红旗小区的伙食是免费的，到食堂去领就是。

“你只要像我一样全力投入活动就行了。我想，你一定会这样做的，因为太有趣了。你说是吗？”阿美说话时紧张地盯着我的脸。

“是的。”我边吃边回答。我实在是饿坏了。

“那就好，那就好。”他松了一口气。

我在心里嘀咕，阿美这家伙怎么这么快就成了我的导师了？他以前可不是这样的。看来我得努力学习，不要落在他后面太远，被他嫌弃。因为我现在也舍不得离开这个好玩的地方了。

为讨好阿美，一吃完我就主动地站起来收拾桌子，打扫厨房。

“阿美，我看得见了！”我从厨房里伸出头对他说。

“现在我们俩都适应了。不过有件事我得提醒你：这里的每样东西都可能不是它看起来的那样，你得提高警惕。”阿美严肃地说。

他的话让我想起了刚才那两个小孩。如果我也像他们那样往墙上撞，说不定会粉身碎骨吧？我看到的或许是假象？

我收拾好厨房出来时，阿美已经出去了。桌上放了一张路线图，标明了去食堂和桌球房还有赌场的路线。却原来食堂离得不远，二十四小时开放。这意味着我随时可以去饱餐一顿，也可以将食品带回家。桌球房是在和食堂相反的方向，离得也不远。只有赌场最远，在山顶上。不过我对赌博不感兴趣。我忽然想起了阿美的警告，这张路线图会不会骗人？

为了证实，我先去找食堂。我首先尝试了一下往下走，但我立刻摔倒了，滚出好远。看来老宗的话还得听，不然会闯祸。我转身爬坡，身体便平衡了。我发现这里没有路，或者也可以说到处都是路，随便走。爬坡虽然累，但脚踩在草地上很舒服。远远地可以看见几座矮屋和一栋楼房，这些坡上的建筑都被大树掩蔽着，在风中时隐时现。

我觉得我已经走了很久了，可还是没有看到前门上有一颗红星标志的食堂。我觉得我应该去那边那栋两层的灰色楼房里问一下。

灰色楼房建在特别陡的坡上，我几乎是手脚并用地爬了上去，中途还几乎被什么东西绊住了脚，差点摔下来。我刚在大门前站稳，里面就有人说话了。

“这里是食堂，您要吃点什么？”小伙子问。

“不，不要。我刚吃过，只是来认一下门。”我说着，心里有点紧张。

“刚吃过就不能再吃了？那你的胃口不大嘛。”他似乎很失望，“我是厨师，我喜欢胃口好的人。或许你在这里住得久了会有所改变。”

“也许吧，”我含糊地说，“我是一个一般的人……”

“这里没有一般的人。”他正色道，“一般的人不会来我们小区。”

“啊，为什么？”

“不为什么。你不是都看见了吗？”

他冷冷地看了我一眼，站起来到厨房里去了。这时我才看清了这是一个大堂，摆满了桌子。此时一个吃饭的人都没有。我觉得自己在厨师面前说错了话。我弄不清他的意思。那么我现在只好离开了。

“不，你不能走！”厨师又出来了，“你坐下！”

我迟疑地在饭桌边坐下来。

“说点什么！”他又命令我。

“我和哥哥租了小区的房子——”

“我早就知道了。”他打断我，“不要说这个。”

“这里真荒唐，怎么会全是上坡，不能往下走？这不是要让人发疯吗？还有，这张路线图是你们印的吧？它的作用就是让人走错路！”

我发作起来了，我没料到自己敢在这里发作。

厨师起先一愣，后来哈哈大笑，笑得弯下腰去了。

“你这个疯子，说得好啊！我要慰劳你吃煎饼！”

他冲进厨房，一会儿就端来了香喷喷的煎饼。跟在他后面的是一位老厨师，还戴着白色厨师帽。我突然饿了，就开始吃煎饼。两位厨师站在旁边看着我吃。老厨师欣慰地感叹道：

“瞧这小伙子多么能吃啊！”

我吃完后便站起来感谢他们，可他们两人都说我弄错了，不应该谢他们，因为吃东西是我的权利。这时外面有个声音在含糊地呼喊，两人同时说那是在喊我，我必须马上赶过去。于是我就向他们告辞了。

当我走出食堂时，一大群小孩冲过来了。很显然，他们是来吃饭的。

我继续爬坡，虽然看不见山顶，但我感到离那里还有很远。先前呼喊的那个声音又听不到了，可见根本不是呼喊我。既然没有人呼喊我，我也就没必要急急忙忙往上爬了，就坐在这草地上休息一下吧。这里的草有半人深，我往下一坐，竟然坐在了一个小孩的腿上，他“哎哟”了一声。

“对不起，我没看到，你也是往上面去吗？”

“不往上，还能往下吗？你这人说话真奇怪。”他白了我一眼。

“我是新来的。我不知道我自己正往哪里去。”

“那不是很好吗？你没迷路嘛。”他说。

“原来是这样。你呢？你知道自己往哪里去，对吧？”

“不要来套我的话。现在休息够了吗？够了我们就继续走。”

这个小孩显得精力很足，我几乎都跟不上他了，而且奇怪的是，我觉得自己已经有了目标似的——他当然知道自己去什么地方。这样一想，我就振奋起来了。一路上一个人都没遇见，我只听见我们俩沙沙的脚步声。由于走得快，我也没有余力去观看周围的景致，只是看到树丛后面有一些房子而已。我在心里期待着将要发生的事——那会是什么样的游戏？

“你是我的向导吗？”我边喘气边问他。

“你才是我的向导呢，要不是你来了，我根本不知道该往哪里走。”

“那么现在你知道了吗？”

“我告诉过你了，不要套我的话，你套不出什么的。”

我们不说话了。我尽全力紧跟他——真累啊。幸亏一会儿他就停下来了，因为一堵岩石墙挡住了我们的路，那墙高得望不到顶。小孩往地上一坐，显得很懊恼的样子。我也往地上一坐，但我感到无比轻松。我终于可以休息了，而且我只要不离开他，就不怕迷路。即使我只能向上爬，我也会同他一块儿爬回家里去，这一点应该不会错。

“我没选好路，走到一条断头路上来了。”他终于开口了。

“还有没有别的路呢？”我试探性地问他。

“当然没有。你以为你是在下面城里的街道上走啊？”

我不敢往下面看，因为太可怕了，我们好像被裹在云里面了。我等待他行动，但他的心思好像完全不在眼前的事上，他的目光显得漠然。但一阵一阵地，他好像在为什么事焦虑。

“我妈妈等我回去吃蛋糕呢，今天我生日。”他突然说。

“那我们赶紧回去吧，不要让你妈妈着急。”我心里一喜。

“嗯。其实我家的房子就在你的公寓后面。”

我很佩服这个小孩，他给我的感觉好像他是比我大一辈的人一样。难道因为他是在这个红旗小区长大的，所以才会这么老练？我想问他又不敢问，我的问题太幼稚了，他不会回答我的。

“你休息好了吗？”他问我。

“休息好了。这里的空气真新鲜啊，就像世外桃源。”我没话找话。

“那我们滚下去吧。”

“滚下去？”

“是啊，闭上眼往下滚。只能这样下山。”他漠然地看着那些云。

“天哪！我们会不会摔死？”

“不知道。我这就要滚了，你不和我一起滚吗？”

我听着他飞快地往下滚发出的声音，内心紧张地斗争着，快要发狂了。最后我心一横，也闭上眼往下滚了。

“决心一下，就变得顺顺当当了。”

他居然在我旁边说话。我不敢睁眼，因为速度太快了，我几次被抛到空中，又跌回草地。我不知道自己有没有受伤，根本来不及体验这种事。有一个后悔的念头在脑子里一闪。

我居然没有死！我躺在我们房子下面的草地上了，阿美正朝我走来。

“大熊，你的运气真好啊！”他笑眯眯地说。

“我？运气好？”

“同你一块儿滚下来的是这个小区的天才少年，他脑子里总有花样百出的游戏，我一直想找他玩。”

我明白了。我一明白，心里就变得通明透亮。我忍着浑身的疼痛爬起来，高兴地说：

“阿美，谢谢你给了我路线图，我现在看得懂了。”

阿美若有所思地望着我。此刻我在心里琢磨：我的哥哥对他的这个老弟有些什么样的期待呢？

“大熊，我们吃饭去吧。小冯师傅等着你去吃他的红烧肉。”

“是那位年轻的厨师？我很喜欢他！”我说。

“他才不年轻呢，他化了妆，他的实际年龄是七十八岁。他啊，什么都懂，你没有觉察到吗？”

“没有。我天生迟钝嘛。”

我俩一块儿去食堂吃中饭——当然是向上爬坡。阿美走得很快，完全不费力，可是我却一会儿就气喘了。我请求阿美停下来休息一会儿，因为那食堂还不见踪影。阿美说不能歇下来，一歇下来就没命了。我好奇地转过身往下面看了一眼，立刻腿一软坐下了。阿美将我用力拖起来，我们继续走。我看见的是悬崖，我们走过的山坡全部成了悬崖。有五六个人吊在悬崖上，身体悬空了，眼看就要摔下去！“怎么回事……怎么回事……”我边走边嘀咕。阿美回过头来对我大喝一声：“闭嘴！”他气得脸都发紫了。

“你知道吗，我们这会儿找不到食堂了。”他沮丧地说，“食堂也好，桌球房也好，都是根据人的意志来定位的。你刚才的动摇把我俩害惨了，我们吃不上中饭了。幸亏我早上在家里留了两个窝窝头。”

他说话间我发现那公寓已出现在我们上方。

我们上楼回到家，煮了一壶茶，将窝窝头热了一下，将就吃顿简易中餐。我收拾饭桌时，阿美一直在盯着那张路线图看。他拿出的这张路线图同我用过的那张一模一样，大概是复印件。我问阿美看出了什么玄机，他回答说玄机可大呢。我求他告诉我，他又说没什么可说的，也说不清，只能亲自去做。“我俩下午一块儿去做。”他坚定地说。

我朝他用力点了点头。

绝　技

马贝的表哥是我们城市里的蜘蛛人。但他既不是玻璃幕墙的清洁工，也不是高楼外墙或设备的维修工。他做蜘蛛人只是一种业余爱好。他有份工作，是做审计，工资很高。这位表哥已经四十多岁了，还没成家。据马贝说他表哥是因为自己的爱好而耽误了结婚。因为那不是一般的爱好，而是有点疯劲。一旦他的瘾上来了，他就不管是半夜还是黎明，在那些高楼的外墙上走来走去，让人看着毛骨悚然。他的确身怀绝技，这是我们这里的人们都看到了的——既不需要任何防护，也不需要穿工作鞋，随随便便，在高空就同走平路一样。

“我从来也不敢盯着他看，”马贝有点厌恶地说，“我只要想一想他的样子都会头晕。我没法理解这个人。”

表哥儿时得过脑膜炎，病好之后，视觉就发生了改变。究竟变成了什么样也没人知道，因为他从来不说。他只是老用手掌挡住光线。后来有一天，他同妈妈一块儿去百货大楼买球鞋，母子俩走出大楼时，表哥让妈妈等他一会儿。几秒钟之后这位妈妈就晕倒在地。表哥从大楼的高墙上走下来，拨开围观的人群，将妈妈背回了家。

“细仔，细仔……”妈妈眼泪汪汪地喊着表哥的小名，“你对自己今后的生活有安排了吗？”

“我——”表哥犹豫地说，“我不知道，走着瞧吧。”

出乎他妈的意料，表哥的生活过得很平稳。他同大多数人一样在学校认真读书，毕业后还找了份薪水不错的工作。唯一让他妈感到不安的是，他飞墙走壁的爱好一直坚持了下来。

马贝问过表哥在高空行走是否感到过害怕。

“不，不会的。”他想了想说道，然后突然提高了嗓门，“怎么可能呢？我早就说过，我同你们的视觉不一样嘛！”

当时两人在食堂吃饭，因为表哥提高嗓门，很多人都瞪大眼看着他俩，马贝的脸涨得通红，表哥却若无其事。他吃完了，拍拍马贝的肩说：

“不要自卑嘛。”

“我哪能同表哥比啊，我上体育课跳木马都害怕！我最怕身体受伤害，老觉得一不小心就会丧命。”马贝不好意思地说。

“哈，我也同你一样。不过谈到做蜘蛛人，这就是另一回事了。我的视觉同大家不一样，所以我在高空时完全没有危险。”

他俩走出食堂时，表哥还在大声谈他在高空的感觉。好几个人都在好奇地尾随他们，马贝一阵一阵地脸红，但表哥一点都不在乎。

时光飞快地溜走，马贝已经三十多岁了，成了家，有了儿子，过着平凡的小日子。但表哥还是那个表哥，动不动就在城里的某座高楼上来一番表演，底下围一堆人观看。

马贝注意到，表哥的观众如今仍不算少。虽然城里的每个人都知道蜘蛛人，但这些市民还是要围观，就好像是一种生理需要一样——他们脸上的表情急巴巴的。而他的表哥，从来也不装腔作势。他知道这些人在看他，他要努力让他们愉快和激动。他的动作好像在说，在墙面上行走并非难事，如果真有兴趣，大家都可以来试一试。瞧我这脚，你们可以将它们想象成自己的脚，关键是要聚精会神。一脚踩到墙上就会产生定力……

下面的观众头晕眼花，当然没有人敢尝试。不过大家的兴趣每次都会被激发起来，有的人暗自思忖，是否先在自家卧室的墙上试一试？

表哥对下面的人群喊道：

“现在注意啦，我要做‘蝴蝶展翅’了！”

但是他并没有做蝴蝶展翅的动作，他将双手插进裤袋，慢悠悠地往楼顶上走去，所有的人都只看得见他的背影。大家不满意了，嗡嗡嗡、嗡嗡嗡地议论着，言语之间带点责备的味道。马贝想为表哥辩护，可是一抬头，发现表哥已经不见了。

“他到顶楼的水箱里洗澡去了。我有回看见过他玩这种把戏。”

说话的是街口开米粉店的阿四，他的口气很得意。

等了一阵上面没有动静，众人就慢慢散开了。马贝一个人站在楼下，感到很无聊。他当然不相信表哥会去水箱里洗澡，他应该不会干这种缺德的事。马贝刚要转身离开，背上就被人用力拍了一下，是表哥。

“表哥，你干吗要愚弄你的观众啊？他们很生气。”

“我没有愚弄他们，是他们不耐烦了。事情总是这样，很少有人能够耐心看完我的表演。”表哥的口气有点冷淡。

“那么我呢？你认为我也不耐烦？”马贝问他。

“你也不耐烦。我问你，你看到‘蝴蝶展翅’了吗？”

“没看到。你走掉了嘛，你消失了。”

“哈哈，也许吧，也许吧——但我可以断定你没有用力看。”

“我是没有用力……我不知道要怎样用力。”

“我们去冷饮店吧，我请你吃冰淇淋。”

马贝一边吃冰淇淋一边还在想那个如何用力的问题。他想不出头绪。他打量着坐在对面的表哥，忽然有点自惭形秽——表哥比他大好几岁，可是他面色红润，看上去比他还要年轻。

“表哥，蜘蛛人的绝技可以通过学习掌握吗？”

“你想学吗？没问题。明天夜里一点十五分在菜市场见。”

“我该穿什么样的鞋啊？”

“无论什么鞋都行。千万不要把注意力放在鞋上。”

年夜时分马贝醒来了，他突然感到很恐怖。他溜到厨房里抽了一根烟。他抽烟的时候，妻子推开了厨房的门。

“马贝，你打算去哪里？你不会想不开要寻短见吧？”她说。

“什么鬼话！谁要寻短见？！”

“刚才你在梦里说‘大不了一死’，你还出冷汗！”

“可究竟为了什么我要寻短见？”

“这要问你自己呀。”

马贝气冲冲地往外走。妻子站在门口大喊：

“老公，你可千万别想不开啊！”

菜市场里黑洞洞的，只能隐约看见那些木板拼成的摊位。马贝看了看手表：一点十分。他等了二十分钟，表哥仍然没出现。难道他睡着了？马贝有点后悔了。当时他一冲动，就说自己想学做蜘蛛人，可心里一点把握都没有，到底想不想学也弄不清。莫非表哥看出了他并非真心想学，就作弄他？又等了半小时，表哥还是没出现。表哥家离菜市场比较远，而且他同他母亲住在一起，马贝不方便半夜去找他。

马贝垂头丧气地回家了。他妻子如释重负地说：

“回来了就好，想通了就好。”

马贝后半夜睡不安稳，老是有个黑影要来捉拿他，将他逼到墙边，他没处可退，又上不了墙，只能大喊“救命”。每次妻子都推醒他，恳求说：“千万不要想不开啊。”这样反复了几次之后，马贝就在心里嘀咕道：“看来我是被逼上梁山了啊。”

马贝下班后就往表哥的公司跑，等在他公司门口。

“马贝，有急事吗？”表哥问。

“你昨天为什么不来？”马贝阴着脸说。

“哈，昨天！我正要对你说呢。昨天我三点十分到菜市场，可你不在！我只好独自在大剧院的墙上漫游了一通。”

“可你约的是一点十五分！我等了一个多小时！真见鬼。”

“可你为什么不等下去？”表哥愁眉苦脸地看着他说，“我同你约了这件事，难道我还会不去吗？这是绝对不可能的！（他突然提高了嗓门）等一个小时算什么？啊？你的思路有问题，你总是将注意力放在跟重要的事无关的小事上面，比如穿什么鞋啦，比如等了多长时间啦，比如我表演的态度是不是诚恳啦，等等。”

“那么你认为最重要的事是什么？”马贝可怜巴巴地望着表哥。

“关键就在于不怕死！”

表哥说完这句话后就停下了脚步。还没等马贝看清他就忽地一下蹿到银行大楼外墙上面去了。

银行门口立刻围了一堆人，幸亏这时银行已下班了。

现在马贝已经看不见表哥的身影了。他被周围的人们不住地推搡着，他们在问他，上面那人是不是他的亲戚？他这种匪夷所思的技巧是如何练就的？作为观察者他们应该选择什么样的角度？马贝越听心里越烦，他很想走开，可那些人不让，有几个人居然伸出手来抓他的手臂和衣服。“你们要干什么？我同上面那人没关系！”他大声说。

“他在说谎！”一个声音尖叫道，“我看见他俩站在这里商量什么，然后蜘蛛人就独自上去了。”

马贝气得脸发青，可这些观众还在推他，逼他把表哥从藏身之处唤出来，说因为大家都等得不耐烦了。再说大家都看过他的表演，没必要躲起来，躲起来也不会抬高他的身价，反而扫了大家的兴。马贝终于发横了，他对准抓在自己臂膀上的一只手用力咬了一口。一阵杀猪般的惨叫之后人群让出了一条通道。马贝拔腿就狂奔，一直跑得快到家了他才放慢脚步。

“今天收获不小吧，马贝？”表哥在他身后说。

“你什么意思？”马贝对他怒目而视。

“我看你天生就是做蜘蛛人的料。”

“你在讽刺我吧？”

“不，我说的是真心话。你在商业步行街的高墙上奔跑，我都差点儿追不上你了。我早就说了，这和穿什么类型的鞋一点儿关系都没有，对吧？”

“奇怪，真奇怪，我一直在马路上跑啊。”

“你就不要谦虚了。你用不着学习就已经掌握了这门技术。再见。”

马贝愣在原地，他看着表哥的背影，使劲回忆刚才的情景——他隐约记起在奔跑时看见了墙头上的小彩旗。那的确是商业街的围墙啊！可他是怎么爬上去的呢？怎么会一点儿上墙的感觉都没有？

马贝看见妻子笑眯眯地站在家门口。

“马贝，你想通了，你想通了就好。”她说，“你在步行街的表演真棒。”

“我一点都没想通。我差点气疯了！”他回应道。

“啊，马贝，你不要激动，沉住气。我看得见你在进步。我和你，我们的好日子在后头呢。”

“什么好日子？”马贝阴沉着脸问。

妻子没有回答，不声不响地进里屋去了。

马贝到厨房里吃了饭，给自己泡了一杯茶，然后就坐在客厅里回忆所发生过的事。为什么他看不清表哥上墙时的动作呢？他当时真的是一点儿都没看清，再怎么用力也没有效果。

而他自己，他记得明明在马路上跑，可是表哥和妻子都说他上墙了。这件事怎么可能呢？如果他真的掌握了表哥的绝技，他倒是会很高兴。但他并没有啊，他们两人看走了眼。不过两人同时看走了眼，这很蹊跷！莫非两人串通了来捉弄他？不会，妻子从不捉弄别人。他思来想去，觉得唯一的办法就是自己再上一次墙。如果今后自己上起墙来就如家常便饭，他的技术才能得到证实。

妻子从里屋出来了，站在他面前悠悠地说：

“马贝，我真为你感到高兴啊。”

“可是我还想上一次墙。现在天黑了，外面人少，你和我一块儿去吧。”

“不，马贝，我理解你的心情，可是这事是没法证实的啊。为什么你不相信我说的话？我从不说谎。”

“你真看见了我在墙上走？”

“是啊。可是你太累了，别去想它了。”

“我一点都不累！可我不喜欢腾空！在墙上行走并不是腾空！”

“好！好！我为你自豪！我也在心里感激表哥，他一下就帮助你掌握了绝技！”她说完就走开了。

夜已深了，马贝在阳台上打量着城市的夜空。他想，如果他站上阳台的围栏，一抬脚就走进夜空里去，会不会有今天傍晚那样的好运气呢？大概没有人围观，运气就不会来了吧？他有点迷惑，又有点兴奋。

隔墙的那边

我们小的时候，家家都在公共厨房里做饭。那厨房很大，可以容纳十来个烧煤灶。厨房里还有一个自来水龙头，供大家轮流接水洗菜。那时候的饭很容易做，一般一家人总是吃两样菜，一样蔬菜，一样豆腐，或一样蔬菜，一样肉丝炒酸菜。炒菜的时候是厨房里最热闹的时候，大家一边炒菜一边大声聊天，锅子铲子叮当响。

如果在某一个瞬间，大家同时停止弄出响声，就会听到厨房的隔墙那边有种奇怪的嗡嗡嗡的声音在持续。据说隔墙那边是一个加工车间，做那种浇花用的白铁壶，但是已经歇工好几个月了，估计是业务不足。平时我们从家里穿过那条窄窄的过道走到街上时，总看见那加工车间的门上挂着一把大锁。那么，嗡嗡嗡的声音是什么东西发出来的？大人们都不管这些事，就当没有那声音一样。

我们喜欢晚上到厨房里捉迷藏。那时大部分灶头都熄火了，关了灯，只看见两三个灶头上有红色的火洞，像鬼的独眼。

我和小意从熄火的灶头爬到隔墙的墙头，站在天花板下面的黑暗中。

“这里有一架梯子。”小意低声对我说。

我跟随他从梯子下到隔墙的那边。多么黑啊！然而可以听到厨房里的喧闹，大概某个倒霉的家伙被捉住了。小意让我不要乱动，抓住他的手跟随他缓缓向前。我在发抖。

“来了吗？”有人问，声音有点不耐烦。

“来了来了！”小意热切地说，仿佛要讨好那人似的。

周围很热，弥漫着一股清香，好像是在炒黄豆？小意要我坐下来，我就坐在一张坑坑洼洼的石凳上面了。我坐得很不舒服。我感到我周围有不少人，气氛很紧张。他们似乎都在关注我对某件事的态度，但我不知道那是什么事。

“你表个态吧。”小意边说边捅了捅我。

“对什么事表态？”我问。

“管他什么事呢，随便表个态。时间不多了。”

有人走过，皮靴踩在我脚背上了，我尖叫起来。我的脚好像骨折了。

“好。”小意说，“这也算个表态。”他松了口气。

但旁边那女孩很不满。女孩总是那样的，不像我们男孩。她们老是对别人不满，发牢骚，不论你怎么做都不会如她的意。

我眼泪汪汪地站起来，口里发出呻吟——那石凳实在是没法坐了。

女孩朝我掌心里塞了点东西，她说是黄豆，她用黄豆奖励我。刚才她不是对我大为不满吗，怎么又奖励我？

黄豆在铁锅里轻轻地爆响，但我看不见锅，也看不见灶，这真是太奇怪了。难道是一种不发光的闷火在燃烧？多么热啊。我将那两粒黄豆放进嘴里嚼了几下，味道不错。脚背还是疼得厉害。我用双手撑在石凳上，弓着背站在那里。左边的男孩对我说话，我听不明白，他生气了，喊了出来：

“你怎么还不离开？”

但我并不想离开，也许我是想等着吃黄豆，也许我是对这里有好奇心。

“我要等一等。”我用含糊的声音说。

可那男孩马上听到了，他大声对周围的人说：

“他要等一等！他想看我们的好戏！可我们不会让这个人如意的。”

所有在屋里的人都发出了声音，简直震耳欲聋。他们说的是：

“这就是那种狼子野心啊！！”

然后是狂笑。我害怕极了，以为他们会来攻击我。但并没有这回事。我听到铁铲在炒黄豆，香气扑鼻。先前那女孩又奖励了我几粒豆子，使我心里很振奋。可是小意忽然过来了，抓着我的手臂命令我跟他走。

我们上了楼梯，爬上隔墙，又回到了大厨房里。厨房里没有一个人，已经是半夜，那几个红色的火洞标示着方位。

我总是将那几粒黄豆从口袋里拿出来瞧一瞧。那是普通的黄豆，将它们放到鼻子面前，就可以闻到香味。在隔墙那边，半夜里，是些什么样的人在搞秘密活动？我听到了声音，但没有看见他们。白天里，我瞒着小意来到大门那里，我将耳朵贴在门上——里面鸦雀无声。我倾听了好久，直到自己都烦躁起来了。

“我想念白铁车间，你能在夜里再带我去一次吗？”我问小意。

“不能。”他很干脆地说，“上次我们是无意中到达那里的。如果先想好了再行动，就总是有山猫把门，你根本进不了屋。”

“可是他们，还有那女孩，他们是怎么进去的呢？”我问道。

“他们本来就在那里的。城里有些空房，你以为没有人，其实是有人的。不过这种事我是听我爷爷说的。我只去过一间这样的房间，就是白铁车间。”

小意怕我再问他问题，就赶紧走开了。

我心里很愁闷。只有白铁车间的氛围可以令我隐隐地激动，厨房里的热闹却提不起我的兴趣了。可是爹爹又在扯开破嗓门叫我马上去做饭。

我不情愿地洗萝卜、切萝卜，接一大锅水将萝卜放进锅里去，然后就站在那里发呆。忽然，我发现墙上有一块砖在松动，我立刻满怀希望地紧盯着，但过了一会儿又没有动静了。当我用锅铲翻动萝卜时，却听到一声叹息从那边传过来：

“这里真寂寞啊！”

那是一个女孩的声音，但不是给我黄豆的女孩。

我姐姐笑呵呵地过来了，她夺过我手中的锅铲，麻利地将萝卜铲进碗里。

“他啊，有心事！”她向大家宣布。

于是厨房里的人都哄笑起来。我恨死了姐姐。

再看面前的隔墙，一点动静都没有了。

在黑暗中一群人围着一只大铁锅炒黄豆，这种事对于我有无穷的吸引力，特别是不知道下一步会发生什么的时候。我对小意肃然起敬了。

小意在躲着我。他越是这样，我的欲望越强。我觉得，我的朋友都在隔墙的那一边，那里有我所感兴趣的事在发生着。我忘记了那天夜里的痛苦，我记忆中只留下了黄豆的清香和黑暗中隐隐的激动。我想，我要豁出去了。

为保险起见，我很晚才从家里溜出来——恐怕已是半夜了吧。

我摸索着进了厨房，看见了那三只红色的鬼眼。我从熄了火的灶头往上爬，爬上了墙头。我做这些动作之际，隔墙那边非常寂静。我在墙头蹲下，用一条腿往那下面探来探去。但这是徒劳——梯子已经不在了。该死的小意。我又累又怕，满心后悔，可又不情愿退回厨房。忽然有个声音在空中响起：

“只是随随便便走下来就好。”

这个充满诱惑的声音是给我黄豆的女孩发出来的。我忍不住了，身体的重心开始倾斜。天哪！只一步，我的脚就触到了硬地。我站稳了。

屋子里还是很热，还是弥漫着黄豆的清香，还是那么黑，一个人影都看不到。不知为什么，我眼里噙着泪，幸亏没人看见。我知道我周围有人，但他们都没弄出响动，黄豆和铁锅也没有发出声音。现在有声音了，那声音来自厨房。似乎是我的邻居们都在厨房里炒菜、大声说话，他们的声音变得那么好听。难道那边已经是白天了吗?

有一只手拉我坐下来，我又坐在坑坑洼洼的石凳上了，屁股硌得很疼。

“我们都等着你来，”有个声音凑近我说，“为的是弄清那边的情况啊。”

“难道你们对那边厨房里的事感兴趣？”我问道，心里很吃惊。

“难道你不感兴趣？”那人反问道。

然后就没人说话了。一没人说话，我就弄不清屋里有多少人了，也许四五个，也许二三十。可以肯定的是，他们全都屏住气在倾听那唯一的声音——隔壁那边厨房里传来的起伏不定的喧闹。有个人在那边大笑，好像是我姐姐，然后其余的人也笑了。我本来也应该在厨房里，可我却坐在这黑地里。我坐在这里是因为这里让我感到隐隐的激动，这些不露面的人对我来说就像共谋犯，我老觉得会有大事发生。你想想看吧，我是腾空降下来的啊。竟有这种事！我太喜欢这种聚会了。可这些神秘的人，他们为什么只对我所熟悉的厨房里的事有兴趣？

我后来遇见小意时就将我的想法讲给他听。他一声不响地听着，末了他叹口气说，这种问题有点深奥，不适合他思考。

他那副小大人的表情惹得我笑了起来。我对隔墙那边的兴趣更大了，明天夜里我还要爬过去。我不用梯子也可以降落地面了，这是我一个人的秘密。

姥姥的小房间

姥姥已经被我们家的小孩忘记了。自从摔伤了腿，她就不顾一切地离开了我们家，独自住进楼梯间。那是这栋大楼的楼梯下面的一间放工具的小房间，里面很黑，如果不开灯的话几乎伸手不见五指。姥姥住在那种地方，她的个子又很小，并且她极少出来，所以她就像消失了一样。我们的父母每天将两顿饭放在楼梯间外面的一张旧桌子上，姥姥从小房间里出来，一瘸一拐，将饭拿进去。吃完后她就将空碗放在外面。

我这个小孩子还是很好奇的。所以有一天趁姥姥没注意，我一溜就溜进了她的小房间。刚好那会儿姥姥没开灯，所以我进去后就被吓得哭起来了。我居然产生了不祥的感觉，觉得自己马上会死。

“驹子，不要哭，你的哭声让我心烦。我让你妈换灯泡去了。你到底害怕什么？小孩子不要心事太多。”姥姥说。

我听见她走拢来了。不知为什么，我觉得她也许是一个鬼，要不怎么住在这么黑的处所？她用干硬的手拉我站起来，然后在我背后猛地一推，我就被她推出了门，并且摔倒了。这时门就关上了。

没有别的孩子对姥姥房间里的内幕感兴趣，所以这件事就成了我一个人的心事。当我独自一人时，我总是怀疑：我真的进了那个楼梯间吗？我进去的时候，姥姥在哪里呢？房间里总应该有些东西，我摸到过什么东西？这些细节像被黑布蒙着，我一点也看不到。日子越久，我越对自己去没去过那间房没有把握了。我观察姥姥，发现她除了是瘸腿以外，身体其他方面都很好，她的双眼甚至像鸟一样锐利。个子小成了她的优势，因为这可以减轻她的瘸腿的负担。

“妈妈，您给姥姥买灯泡了吗？”我鼓起勇气来问。

“灯泡？姥姥说她不需要灯泡啊。”

我开始唉声叹气。

“驹子，你怎么像老人一样叹气？”

“那里那么黑，我一进去就觉得自己会死。”

“那就不要进去了。”妈妈果断地说。

为了鼓励我，爹爹给我买了马戏团的故事图画书。我贪婪地看着走钢丝的那只猴子，我的眼珠大概瞪得像铜铃那么大。可是我一合上图画书，立刻就想起了姥姥的黑房间。

好长时间里我一直在家翻看那本图画书，在脑海里编出关于猴子的种种故事。要么就是发呆，或计算离学校放假还剩多少天。终于有一天，隔壁的小男孩瓦片来约我去足球场逛一逛，我同意了。

我们出门后经过姥姥住的楼梯间时，她正从房里出来将空碗放到桌子上去。她狠狠地看了我和瓦片一眼就进去了。

“啊！”瓦片倒抽一口凉气，说，“你的姥姥，她是秃鹫！”

“胡说，你是怎么知道的？”我很生气。

“瞧她的眼神！这么明显的事，你还没看出来？”

我不知道他所指的是什么明显的事，心里生着闷气，一路上不再说话了。我们到了新建的足球场，没有人踢足球，我们两人在草地上跑起来。瓦片越跑越快，像闪电一样，将我远远地甩在后面。后来他忽然倒地了。他痛苦地捂着胸口，口里发出呻吟。我吓坏了。

“瓦片，瓦片……你怎么啦？”

“我，我被秃鹫追逼，死路一条……”

他在地上滚来滚去，但过了一会儿，他终于缓过来了。他坐起来。

“瓦片，你真的看见了我姥姥？”我焦虑地问他。

“我看见她待在那间房里……啊，刚才多么痛快，就是死也值得！你的姥姥真了不起。你不是去过那间房里吗？那里面……”

“那里面有什么？”

“没有什么。那里面什么都没有。”

他突然对我很不耐烦，因为他正在紧张地思索，不喜欢我在一旁问七问八的。于是他掉转头，往另外一个方向走掉了。

我愣在原地。发生了什么？发生的事真的同我姥姥有关吗？出门之前他同我姥姥交换过目光，可我并没觉得那有什么异样啊。姥姥究竟向他暗示了什么，使得他要那样亡命地奔跑？他提起了那间房，也许所有的奥秘全在那里面。我应该是去过那里面的，可我当时什么也没看到和感到……

我走进大楼，去敲姥姥房间的门。

“是驹子吗？”姥姥在里头问道。

她的声音含糊，甚至有点阴森。我的腿开始发抖。

“姥姥，让我进来一会儿吧。”

“你同哥哥姐姐去玩吧，别来这里。”

“可是他们都不在家啊。让我进来吧，就一会儿。”

我用力推门，推到第五下，房门突然开了。我扑倒在地——不，不是，我扑进了一个深渊。过了一会儿我才砰的一声落地。

“驹子，你可不要乱动啊。”

姥姥在上面说话。这里什么都看不见。她离我有段距离。

“姥姥，我在哪里？”

“还能在哪里？当然是在家里！”她责备地说。

“我要出去！”我朝着上面喊道。

“刚进来就要出去！真是个没有耐心的小孩。你告诉我，为什么刚一进来就要出去？”

“因为，因为我怕死。”

“嗯，真聪明。你使劲向右边挤吧，或许就挤出去了。外面是院子。”

我心里亮起了希望。我站起来，用双手向右边摸索。我摸到了冰冷的大理石一样的墙，于是希望破灭了。我横下心用力向那墙撞去，它却纹丝不动。我想哭，但哭不出来，只是背上出冷汗。

“驹子，你还在吗？”姥姥的声音响起来。

“姥姥，我出不去了。我会死吗？”

“胡说，小孩是不会死在家里的。用力挤出去啊。”

我用自己的背往那墙上又撞了几下，我觉得我的骨头都快撞断了，但完全没有作用。我开始坐在地上哭。

“真是个没出息的小孩！哭有什么用？我不是告诉过你死不了吗？这是你的家，你爱怎么做就怎么做。”

“姥姥，我该怎么做啊？您告诉我吧。”

“我不知道。我也没法告诉你。”

我听见她一边说一边生气地走开了。我在心里焦虑地说，我该怎么办？我该怎么办？越着急就越想不出办法。然而我忽然有了瞌睡。我想，睡吧睡吧，反正在家里死不了的。不过我也没睡着。我用一只手摸着那光滑的大理石墙，想象那面墙上有个小洞，我可以像老鼠一样从洞里钻出去。如果那个洞中间堵死了，我又退不出来，不就会死在里面吗？可是姥姥说了在家里是死不了的。我开始想象被堵在小洞里退不出来也死不了的情形。姥姥说用力挤可以挤出去。既然被卡住后死不了，我也只能用力挤了，这是我唯一能做的。姥姥所指的大概就是这种情况？我用力挤吧，用力！好，我入梦了，我是清醒地入梦的。这里面真可怕，不过没关系，反正死不了，只不过呼吸有点困难罢了，扛一扛吧。再说这只不过是梦。

一只手伸过来，抓住了我的衣襟。洞这么小，这只手怎么伸进来的？那手将我向后拖，我的身体贴着洞壁擦过。如果那只手停止发力，我就会依旧被塞在洞里。它没有停止，而是一鼓作气地将我拖了出去。

“有的人就是不愿睁眼看看这明明白白的事实。”旁边有人说。

“可是这里很黑，我看不见。”我抱怨说。

“你可以伸手摸一摸你面前这个东西嘛。”

我伸出双手，摸到了竹笼。于是我微笑了——这是我家的烘笼，在漫长的冬天里用来烘手和烘脚的宝贝。原来我回家了，这可不是梦！他们为什么不开灯？

“我们怕照坏了你的眼睛。”姐姐在旁边好心地告诉我，“这半夜三更的，你又从黑地方来，如果猛一开灯就太可怕了。”

“姐姐真好。你怎么知道我是从黑地方来的呢？”

“我当然知道，我听见你在姥姥房里叫喊，门关得紧紧的。我和哥哥从来不去姥姥房里。我们去过一次，那里面是最黑的，除了姥姥谁都不能在那里面待。我们还以为你知道这件事呢。”

“我不知道。可我就是想去那里面待，也不知为什么。你瞧，我刚从里面出来，现在又想回去了。要不是黑得什么都看不见，我又要试着去敲姥姥的门了。”我说。

姐姐让我把手伸给她，于是她牵着我穿过饭厅，领我进了我和哥哥的卧房。我坐在床上，听见她在说，哥哥出外游荡去了。后来我就听见她关门回自己房里去了。

我刚要入睡又清醒了。我听到姥姥在大声笑，那笑声使得整栋楼都在微微颤动。我忽然感到怀疑：也许哥哥和姐姐此刻在姥姥房里？也许姐姐听了我的话之后，反而对那里产生了兴趣？要是他俩果真去了那房里，姥姥大概会高兴吧，因为我们没有忘记她，而且从此再也不会忘记她了。

整夜我都睡得不安。姥姥的楼梯间里不断传来各式各样的声音。有两次居然是姥姥在大声讲关于先人的故事，还有一次是哥哥在快活地尖叫。我一会儿醒来，一会儿又入梦。每当我要起床到姥姥那里去时，瞌睡又征服了我。一直闹到黎明，房里射进来光线，楼里面才静下来。我想，哥哥姐姐忍耐了这么久，终于抵挡不住诱惑了。他们去了那里，他们那么快活，为什么我在那里一点也不快活呢？是姥姥偏心吗？姥姥对我这么凶，我反而只想着回到她那里去，就好像小黑房间对我有无穷的吸引力似的，这是怎么回事？

“驹子！驹子……”

姐姐一阵风似的跑进了我的卧房。她的脸红红的。

“我和哥哥去了姥姥的房间，昨夜是我们的节日，真好玩。谢谢你。”

“姐姐，为什么谢我？”

“就因为你好好地从那里回来了，你还说你想回到那里，我和哥哥这才下决心去的啊！要不这么多年了，我们一次都没去过，怎么会突发奇想？”

她紧紧地抱了我三下，我闻到了她的头发的芳香。这时我听见她说了一句：“近期不要去姥姥的房间了。”

她回自己的房里睡觉去了。

姐姐的话是什么意思呢？我要是再去，会经历到她和哥哥所经历的“节日”吗？莫非她不想要我经历那种快乐？真是个刁钻的女孩！

在饭桌上，哥哥和姐姐都看着自己的饭碗一言不发，慢慢扒着饭。

“我看驹子又有了新的计划啊。”妈妈笑着说，“能不能说出来给大家听听啊？”

我的脸发烧了，因为我并没有什么计划，我一贯稀里糊涂。我发现哥哥姐姐都在偷看我。

“我没有计划，我就是想去那边。”

“驹子是说姥姥的房间吧？那有什么，想去就去好了，姥姥最疼的就是驹子嘛。”妈妈眉开眼笑。

“不对，她一点都不疼我，她凶巴巴的，还把我赶出来。”

“真的吗？真的吗？”饭桌上的三个人一齐吃惊地发问。

不等我回答，他们又一齐低下头哧哧地笑。我觉得自己被愚弄了，就愤愤地离开饭桌向外面走，听见妈妈在背后喊道：

“驹子，你可别打退堂鼓啊！”

我经过姥姥的楼梯间时，看见那扇门刚好关上了。姥姥一直在观察我吗？关门的声音很响，仿佛是向我表示此刻不让我进那间房。我愣了一下，继续往外走，走到大街上去。

大街上亮得刺眼，没有任何秘密。然而姥姥的眼睛一直粘在我的背上。也许这就是妈妈说的她疼我的方式？

山　蚁

林麦家住在小城中心一栋很旧的公馆里。以前的城市比现在要小很多，四面环山，那个时候这栋三层楼的公馆是城市的标志性建筑。这栋房子是林麦的曾祖父盖的，从外面看上去，阳台和门窗都十分精致。不过因年代太久，现在缩在周边的高楼下面，给人一种很寂寞的印象。公馆的大门被拆掉了，是林麦的爷爷拆掉的，据说当时他宣称，要向众人“敞开心扉”。从林麦有记忆起，他家就没有大门，谁都可以进来，连外面人养的鸡鸭都可以到院子里来吃草里的虫子。奇怪的是，很少有人到公馆来。

已经有好几年了，公馆后面天井里的那株老槐树下出现了一个蚁巢。蚁巢越筑越大，似乎周边的城市化进程对它毫无影响。蚂蚁们的个头都很大，有点像山蚁。那些山都与城市隔开好几里路，它们是怎么长途跋涉，找到市中心的这个地方来定居的呢？据说蚂蚁的嗅觉最灵敏，是公馆的什么气味吸引了它们？

林麦下午不用去小学上课，他在街上闲逛，忽然看见地上有一只死蝗虫，于是心中一喜，捡起它回家去喂蚂蚁。

他将蝗虫撕成三块，放在离蚁巢洞口较远的地上。工蚁们很快就来了，抬着蝗虫的尸体慢慢往蚁巢那边走。林麦想同工蚁们开玩笑，每当蝗虫的残骸快要到达洞口时，他就抢走那战利品，将它放到更远的地方。当他聚精会神地玩着这个游戏时，有一位老年男子在旁边观察他多时了。林麦站起身来时发现了他。

“爷爷您好，您住在城里吗？”林麦有礼貌地问他。

“我姓吴，你就叫我老吴吧。你问我住在哪里，可以说是城里，也可以说是山里，目前住在山里。我是跟随这些蚂蚁来到你家里的。这个蚁巢，你别小看它，它的下面有个巨大的游乐场，只是我们人进不去。”

“老吴爷爷，您能带我去山里吗？”

“可以啊。不过现在不行，你得等一段时间。”

“我一定等。您可别忘记了啊。”

老人走后，林麦立刻跑到三楼去眺望南边那座山。那座山是周围的山里面最高的，名叫灰山。不知为什么，林麦认为老吴爷爷就住在那里头。林麦小的时候同父母一起去过灰山，后来父母就不去了，说灰山常常发生山崩，很危险。现在是阴雨天，灰山的山顶被雾遮蔽着，显得很冷清，不那么友好的样子。可是林麦记得小时候去灰山时，灰山就像一位慈祥的老爷爷，他同爹爹和妈妈还在山里捡了好多松菇呢。林麦想，如果老吴爷爷就住在灰山里，而山里又经常发生山崩和泥石流，他该有多么勇敢！林麦后悔自己没有问清楚他是不是住在灰山。如果是，那么这些山蚁就肯定是来自灰山了，这该有多么神奇啊！林麦就这样看着灰山，一阵一阵地激动着。

“林麦！”妈妈在叫他。

他连忙下到一楼。

“你同老吴爷爷谈过话了吧？”妈妈放下手中的编织物问他。

“是啊，我真想同他一起去他山上的家里。”

“你是说灰山？他就住在那里，那可是危险的地方。他搭一个茅棚子就住下了。不过大部分时间他都在城里，他是个乞丐。”

“老吴爷爷是乞丐？我们可以将他接到家里来住吗？”

“他喜欢做乞丐，他说那样就可以多与人交往。”

“妈妈，您到底同不同意我同他去灰山啊？”

“你自己决定吧。”

林麦觉得妈妈的那张脸一下子就变得衰老了，布满了皱纹。他害怕了，想了想说道：

“妈妈，我哪里都不去。”

“林麦改主意了吗？”妈妈说，“林麦是个勇敢的孩子，对吧？”

林麦懵懂地点了点头。

那次同妈妈的谈话之后好久，老吴爷爷还是没来林麦家。有两次，林麦忍不住到汽车站啦，面馆啦，市场啦那些地方去找他，但好像到处都没有他的身影。林麦问妈妈，妈妈也说不知道他住在哪里。

“他要是答应了你，就肯定会来。”妈妈说。

可是林麦又怕老吴爷爷来。要是他来了，自己就会同他走，走到山里去。万一遇上山崩，来不及逃走呢？如果他和老吴爷爷都被泥石流卷走了，那该多么可怕！他才十三岁，他可不愿死去！上一回妈妈说他是勇敢的孩子，那是什么意思？

林麦一边做功课，一边想这件事，心里七上八下的。

吃晚饭时爹爹说起生活的艰难。他所在的公司又裁员了，幸亏没落到他头上。

“要不干脆下决心像老吴爷爷一样，倒也洒脱。”他说。

“是啊。可是林麦怎么看呢？”妈妈问道。

“我、我不知道……”林麦慌乱地回答。

林麦确实没有想过这种事。失业大概是很恐怖的吧？比起山崩和泥石流来呢？那天夜里他设想着爹爹失业后的情景，想了很久，总是模模糊糊地想不清。他又去设想自己做乞丐的情景，也想不清。他决定等下次老吴爷爷来的时候就去询问他。做出了这个决定之后他突然就睡着了。可是他半夜里醒来了，又开始想爹爹要失业的事。他穿上外衣，爬到三楼的书房里，又凑到窗口去看那座山。晴天的夜空下，山的轮廓分外清晰，像一只大黑猫一样蹲在那里。

“林麦开始独立思考了吗？”

这声音吓得林麦要跳起来，却原来是爹爹坐在黑暗中。

林麦感到不对劲，他觉得爹爹身旁还有一个人。他是谁？

他不敢问，但又很想知道。于是鼓起勇气说：

“我很想减轻爹爹的负担呢。”

他说这话的目的是想引旁边的那个人开口，但那个人影动了动，并没有发声。只听见爹爹又说道：

“林麦大概很快要有行动了。如今的小孩成长得真快。”

后来爹爹就催林麦快去睡觉，林麦只好不情愿地回到了卧房。

早上起来后，林麦又爬上了三楼的书房。奇怪的是书房里根本没有别人进来过的痕迹。茶几上没有茶杯，烟灰缸里也没有烟头。林麦站在那里发了一阵呆，又去看灰山。灰山已经醒来了，轻雾缭绕山顶，山顶像要说话一样。因为要上学，他赶紧下楼去吃早饭。

星期天，林麦走进茶馆，一边坐下一边观察那两个伙计怎么样为顾客服务。他要了一杯绿茶，慢慢地喝。

有一个小男孩，头上生着疮，手里拿着一个布袋，正从大门那里往林麦这边移动。他终于慢慢地来到了林麦的桌旁。他扯了扯林麦的衣袖，翻着白眼，想说什么又说不出。

“我爷爷。”他含糊地吐出这三个字。

林麦突然有种感应，于是站起来跟他走。

他俩一前一后来到茶馆后面的小院里。林麦隔老远就看见榆树下面坐着老吴爷爷。

老吴爷爷像一堆破布一样躺在靠椅里头。林麦看了他一眼，心中一凉，觉得老头儿不会久于人世了。再回头一望，小男孩已不见踪影了。

“林麦，你看看这树下，这里也有一个蚁巢。”

他笑起来，他的笑容比哭还难看。

林麦早就看见了蚁巢。它像一个巨大的面包一样从树根旁边突起，一些工蚁在附近来来往往。也是那种山蚁，头部发红的那种。

“林麦，我的日子不多了，不能带你回山里去看看了。我自己倒是很想去，但是谁会将我抬上山？没有谁。你能答应我一件事吗？”

“老吴爷爷，请您说。”

“我希望你能帮我照顾城里的这些蚂蚁。”

“好，我答应您。但是如何照顾呢？”

“一共有六个蚁巢，还有四个在你们学校的食堂后面。这些蚂蚁都是因为我才下山的，它们已经不记得回去的路了，因为年头很久了。那一年，太阳红得发紫，泥石流频发……林麦，你不需要做什么，只要在心里惦记着这几个蚁巢，有时间了就探望一下它们。因为你身上有我的气味，所以它们就会把你当作我。”

林麦还想问老吴爷爷一些问题，但他挥了挥手让林麦离开。

林麦心神恍惚地在街上走。路过学校大门时他稍微犹豫了一下，然后就进去了。校园里一个人都没有，他来到了大食堂后面的树林里。啊，眼前的景象让他如此吃惊！在开着花的合欢树下，那四个蚁巢都离得不远，它们都被捣毁了。那些又白又亮的蚁卵也被暴露在乱土之间。整个景象令林麦鼻子发酸。除了零星有一些伤残的工蚁在地上蹒跚行走以外，大家族的成员们都不见了。林麦蹲在地上发呆。他在头脑中紧张地推论：有没有地下的逃生通道？说不定通道是存在的，都已经这么多年了啊。

厨师过来了。他生着一张大脸，表情总是那么忧郁。

“蚂蚁总来食堂里觅食，传播病菌。上级有指示……”

“居然这样了……可耻的杀戮！”林麦提高了嗓门回应厨师。

“你可别丧失信心啊，孩子。这是些山蚁，我看到……”

“老师傅，您看到什么了？”林麦急切地问。

“不，我什么都没看到。我人老眼花，有时眼前会出现幻象。”

厨师说了让林麦失望的话之后就回厨房去了。

林麦回忆起老吴爷爷说过的关于蚁巢地下有巨大游乐场的话，心中升起了希望。也许厨师是想说这件事？

林麦从食堂后面的工棚里找到一把铁锹。他顺着一个蚁巢挖下去，很轻易地就将那些浮土拨开了。蚁巢的底部赫然出现四个像鹅蛋那么大的洞。林麦放下铁锹，跪在泥地上，往一个洞里面瞧去。他立刻就晕倒在地了。当他醒来时，看到上面的天空黑压压的，要下雨了，他还听到远处有凄凉的哭泣声。他爬起来再看蚁巢，那些洞已消失了。

它们消失了，这是不是说回家的路堵死了？

林麦看见脚下有两只断了腿的蚂蚁立在一块小石头上，他忍不住伸手去触碰它们。可是它们已经僵硬了，变成了标本。虽然变成了标本，但它们头上的触角又还能动。多么奇异啊！林麦将这块小石头连同两只蚂蚁搬到远处草丛里的隐蔽之处。他认为它们还活着。

他在回家的路上情绪很忧郁，因为觉得自己辜负了老吴爷爷。

“林麦今天有收获吧？”

原来是爹爹。爹爹买了菜正回家去。

“嗯。”他含糊地回答，想了想又说，“爹爹，您真的要学老吴爷爷去做乞丐吗？”

“是真的。你希望爹爹得到幸福吗？如果你希望，就会赞成我的想法。”

“让我再想想。”林麦翻着眼说。

但林麦心里想的却是：老吴爷爷是幸福的人吗？老吴爷爷说林麦身上有他的气味，那他林麦会不会得到幸福？如果会的话，为什么他现在一点都没有预感呢？不但没有，还隐隐地有大祸临头的感觉。

“爹爹，学校里的那些蚁巢都被捣毁了。”

“那只是表面现象，你不要过分担心。”

林麦觉得爹爹很乐观。可是从前，爹爹并不像现在这样乐观。

那天晚上，林麦对妈妈说起希望有一天去灰山看看。

“你今后有的是机会。”妈妈大声说。

林麦吃惊地看着妈妈，好像不认识她了一样。他又听见爹爹在笑。

“林麦今天出门收获很大呢。”爹爹说，“如今的小孩不可低估。”

林麦感到他们俩在一唱一和地说一件将要发生的事。什么事情将要发生呢？同蚁巢有关吗？也同老吴爷爷有关吗？

由于白天受了刺激，林麦翻来覆去，没有睡意。半夜一点钟时，他又爬上了三楼。书房的门关着，里面有人在大声说话。林麦将耳朵凑近那扇门仔细听，他听到了老吴爷爷和爹爹在谈话。老吴爷爷的声音很洪亮，根本就不像有病的样子。这是怎么回事？林麦赶紧下楼，回到了卧房里。

他紧闭着眼，后来终于睡着了。然而下半夜他被吵醒了一次。老吴爷爷居然在同爹爹一起唱山歌，林麦从未听到过爹爹有这么好的嗓音。两人都唱得很投入。林麦想，这悠扬的歌声大概传到了灰山吧。看来，老吴爷爷是爹爹多年的挚友，可为什么以前没来过他家呢？歌声停止了，这栋公馆变得很寂静。林麦感到要发生的事临近了。

可是什么事也没发生。

林麦家天井里的那个蚁巢平安无事，没有任何变化。林麦从外面捡来各种各样的虫子喂它们。茶馆小院里的蚁巢也平安无事。当林麦蹲在那里时，就有工蚁来到他面前跳舞，显然它们认出他了，这令他非常激动。茶馆里的老顾客老金走过来，看了看地上的蚂蚁，笑着说：

“这个茶馆是从山里搬来的。”

“是从灰山搬来的吗？”林麦问道。

“小家伙真聪明。你家有亲人在灰山吗？”

林麦郑重地点了点头。

老金眼里忽然就有了泪，他将一只手放在林麦的肩上压了压。

走出茶馆，林麦惆怅地往校园里走。一会儿他就到了食堂后面的树林。

他意外地又在原地发现了蚂蚁。此地不再有蚁巢，一些蚂蚁像是来旧地重游似的。林麦想起了老吴爷爷所说的关于地下蚂蚁王国的事，那么，秘密通道口应该在这附近。他在周围走来走去的，想找到线索，但却是徒劳。后来他回到大合欢树下，靠着树干想休息一下。忽然，他的背部被什么小虫猛咬了一口，他叫出了声。

树干上有长长的一队蚂蚁，它们正朝着树杈处的那个树洞爬去。林麦看呆了。那个树洞会不会通到地下呢？有没有可能所有的树根全是空心的，全成了蚂蚁通道？林麦脑海里的树根形象令他两眼发光了。他变得很激动：原来它们都还在这里！看来它们都不会离开了。那可是成千上万的同胞啊！怪不得老吴爷爷说林麦身上有爷爷的气味，它们可以认出他来呢。刚才那咬他的蚂蚁就是认出了他啊。

“嘘，不要盯着它们看！”

说话的是老吴爷爷的孙子。他用前端有钩子的竹竿钩着一块小小的肉骨头，照准那个树洞送进去了。

“你爷爷怎么样了？”林麦问他。

“好得很啊。”

“我听了真高兴。替我向他问好！”

小家伙拖着竹竿跑掉了。林麦陷入了沉思。

却原来在自己的周围有这么一些谜一般的事物，这些包围他的美好的事物，他在多年里并没有觉察，现在却一点一点地露头了。林麦仰头看着那只在蓝天里飞翔的鹰，兴奋得涨红了脸。他在心里发誓，以后一定要常来光顾这里。要是他不来的话，很可能蚂蚁们就会认为它们被他遗弃了。毕竟，不会有很多人知道这个秘密啊。林麦使劲向着脑海中的黑暗深处回忆，他很想重返那次大规模迁徙的盛况。从灰山到这里，浩浩荡荡的队伍……他是不是该将这个秘密告诉一个人，正如老吴爷爷告诉他一样？但不知为什么，现在他周围的人全知道这个秘密了，似乎只有他林麦还将这件事看作秘密。他是多么呆板的一个小孩啊。是不是因为他呆板，老吴爷爷才选中了他？一想到老吴爷爷居然选中了自己，林麦禁不住得意起来。因为老吴爷爷这位老人，连爹爹都这么看重他啊。

当林麦走到茶馆那里时，老吴爷爷的孙子又出现了。

他跑过来，交给林麦一包小鱼干。

“这是我爷爷送给你的，你可别一次用完，每次用一点点。”

林麦使劲地点头。

林麦走进家门，还没到天井，远远地，他就看见了黑压压的队伍。他觉得它们是倾巢而出了。他被团团围住，有点哭笑不得。于是他扔了两片小鱼干，蚂蚁们立刻散开了，一些去搬运，大部分则回巢去了。

爹爹正望着他笑。林麦问道：

“这是怎么回事啊？”

“老吴爷爷将林麦培养成一位真正的山民了。你喜欢吗？”

“喜欢！现在我不急着去灰山了。我生活在这里，差不多就像生活在山里一样。它们全认识我了，而且有这么多人关心它们。”

“从前我们的城市名叫‘蚁城’，直到今天，还有不少人记得这个名字。那时人和蚂蚁混居在一起，后来就分开了。”

林麦躺在床上想象着人和蚂蚁混居的过去的日子，越想越兴奋，干脆起床拿了小鱼干和手电向外走。

他来到天井里，可这一次并没有蚂蚁出来。也许它们睡觉了？蚂蚁的生活习惯是怎样的？林麦要去找这方面的书来读一下。

有一个黑影出现在那堵墙那里，是爹爹。

“爹爹，老吴爷爷常来我们家吗？”

“看来林麦全知道了。他老人家救过我的命。你爹爹在这个世界上是站不稳脚跟的，爹爹希望你有一点点像他。”

“可为什么我一点都不像他呢？”

“你现在已经有一点像他了。蚂蚁不是认出你来了吗？”

一直到上了床，林麦的心还在欢跳。他想到很久以前的事，又想到很久以后的事。刚才爹爹告诉他，他们大家都用不着流浪了，只要心里惦记着一些事，就会过得很愉快。林麦决定，只要抽得出时间，他就要去看望他的蚂蚁朋友。他要让它们将这个城当作灰山下面的一座娱乐城，让它们世世代代在此扎根。想着这些事，他现在真的觉得自己过得比较愉快了。老吴爷爷是不是也像他一样愉快呢？他的孙子说是这样，但当林麦看见他的时候，他显得很痛苦。也许，他老人家就是有时痛苦有时快乐吧。那天半夜他在林麦家谈话时，不是显得精力很充沛、情绪很乐观吗？林麦觉得他是可以长寿的老人家。想到这里，林麦就安心地入梦了。

我的大草原

这里是非洲大草原上的鸵鸟之乡，我就住在这里。

我原先住在城里，有一天我骑着摩托车来到了草原上。我从未见过这么辽阔的草原，无边无际。当我在草原上横冲直闯之际，我看到了小木屋。小木屋就位于鸵鸟之乡，是无人居住的房子。木板已经发黑，但室内居然还有很浓的居家的味道。尤其是墙上那猩红色的羊毛挂毯，令我想入非非。挂毯的正中间是一只巨大的鸵鸟的眼睛。啊，这只巨眼，从我第一眼望见它，我就在心里认定了鸵鸟是这世界上最美、最难以琢磨的鸟儿！

屋里有些干粮，比如铁盒里的压缩饼干。打开后门，就看到了那口井，井里的水很清澈。不过我知道此地的水看上去很干净，喝一口却很可能致命。外面屋檐下有一口土灶，我从屋子里找出大铁水壶，从井里舀了水，放在土灶上。然后我又从周围拔了一些枯茅草，点燃茅草后开始烧水了。

真没想到，这里的井水泡出来的茶十分香甜。

我是从桌上和相框上的灰尘厚度看出这屋子已很久没人住过了。相框里的男子浓眉大眼，但神情恍惚。这是这家的主人吗？他为什么要离开？他住在这里时每天吃些什么？在这周围看不到有人种植粮食的痕迹，屋子里面也看不到狩猎的痕迹。他真是个怪人——我是想说，他有一种魅力，让人想在这小木屋里住下来。

我找到了一个木箱，里面存放着毯子和褥子，我将它们铺在那张朴素结实的木床上，然后躺了下来。

我躺在那里，看着那蒙灰的窗玻璃，忽然我又看到了那只巨眼。不同的是，这回是真实的鸵鸟的巨眼。我猛地一下跳下地，冲过去将房门打开，然而它已经跑远了。它的身体之庞大超出了我的想象，难怪它会有那么大的眼睛。它是来探望我的吗？也许是例行的巡视？

我躺回木床上，很想让自己进入大草原的历史。当然这是种痴心妄想。那么睡觉吧，我实在是很疲倦了。然而我闭眼之前又看到了那只巨眼——眼球是棕色的，带一点金属的刚硬。它并没有同我对视，那种眼神不屑于同人类对视。它感兴趣的是屋内的某个东西。但我已经禁不住睡眠的进攻了，我的眼睛变得模糊，然后就什么都不知道了。

醒来后却并没有看见鸵鸟。我坐在桌旁吃干粮，从水壶里倒水喝，慢慢地回忆从昨天到今天的行程。我是一口气奔来鸵鸟之乡的吗？不，我想起来了，半夜时分我出了车祸，被甩出十几米远，然后就晕过去了。我恢复神志时天已亮，我的车子完好无损地躺在那里。我发动摩托车时看见了那个路标，上面画着鸵鸟，于是心中一下子变得轻松了。我一点弯路都没走，这可是极为难得的。

至于为什么要来寻访鸵鸟之乡，初衷并不十分清楚，好像是受了某个传说的影响，又像是无聊中编造出来的故事。经过一番打听，就这样奔向这里来了。我甚至想过，是不是本来没有这个鸵鸟之乡，因为我的固执的寻访，它就形成了呢？我骑在车上，眼望着无云的蓝天，觉得这事难以揣测。或许揣测是没有意义的。

第一只鸵鸟出现时，我有种释然的感觉。它正在将一只巨蛋生到窝里，已经生出来一半了。我连忙绕到离它远远的地方。一路上我仅仅发现了这一只鸵鸟，大概它们当时都躲起来了吧。

我在鸵鸟之乡住下来了。好像是迫不得已——我的摩托车没有油了。我尝试了好几次想走出大草原，终究没有把握，只好原路返回。那个大家伙还是常来小屋探望，它成了我寂寞生活中的安慰。

大约过了一个月，有一天早上，我忽然变成了食草动物。当时我按指南针的方向往北边走，在草原上走了两个小时，又渴又累。我周围到处都是一种开着白花的小草，那些细小的白花就像星星一样。一个念头钻进我的脑海里：为什么我不尝试吃草呢？我既然要做草原的住民，就应该尝试啊。我蹲下来拔了一些开白花的小草放到嘴里去嚼。这种草真不难吃，白花还有微微的甜味呢。我吃完一把，又扯一把，又吃完了……一共吃了五把草，连我自己都惊讶了。

消化这种肥嫩的野草并不困难，我的胃一下子就适应了它们。后来我又尝试了另外两种草，都是生吃的。本地的草本植物让我的精神变得很兴奋，自信心也一下子生出来了。

在外出溜达之际，我的视野内出现过一匹斑马，但它一晃就不见了。也许它只是路过。但是我日夜思念的鸵鸟群却隐藏着，只除了那只巨鸟。最近，我心里对这大家伙充满了感激，就好像我在这草原上是为它而活着一样。它那棕色的严厉的眼睛，那强劲有力的腿和脚趾，成了我心中理想的化身。或许是因为它生活在我身边，我才毫不费力地转化为食草动物了？就像这所房子先前的主人一样？我一天天地熟悉着草原，性格也逐渐沉稳起来，我的失眠症竟完全消失了。如果我哪天夜里醒着，那绝不是因为失眠，而是因为我要倾听草原的骚动。骚动一开始是在远方，然后渐渐地向我的小屋逼近，有一个人的声音在风中清晰地说：“食草者，你几岁？”

这是说我吗？在这荒无人烟的地方，怎么会有人在半空说话呢？而且有好几夜了，那声音总是说这同一句话。我自愿变成食草者了，因为这个，我的年龄就应该改变吗？我记得我是四十八岁。

那天外出时我发现了一大片凤仙花，这种花令我想起我原来的那个家。因为怀旧，我坐在地上吃花，吃了一大捧。我一边吃一边在心里对那些花儿说：“你们落到我手里，对不起了。我不知道你们是不是高兴被我吃，暂且就这样了。也许有那么一天我会想通这事。”我吃完花就站起来看天，天的东边特别亮。我想，鸵鸟们会不会在东边？它们的所在越来越超出我的预测了。我预测过那只巨鸟的行踪，居然有两次成功的例子。但是关于鸟群的去向和栖息地，我脑海里一片茫然。

我已经习惯了在草原上寻寻觅觅的生活。并没有什么确定的目标，但有一种意志在体内支配着我。也许目标没法先确定，要找到之后才会知道那是目标吧。我曾以为鸵鸟群是我的目标，现在我已经知道了它们不是，它们只是我的不爱露面的邻居们，我们一块儿生活在这个大草原上，相互间进行着一种间接的沟通。我还觉得小木屋的主人也应该还在这草原上。从种种迹象来看，他很可能也成了食草者。他像那些鸵鸟一样躲起来了，我相信他会通过某种方式来同我联系。这些天的沉思使我明白了，在大草原上，所有的事物都是紧密联系着的，只是从表面看不出而已。每一株草，每一块石头，每一粒沙子和尘土，它们背后都有着强大的支撑。作为这里的住民，我必须谨慎地对待这里的一切事物，才有可能融入到它们当中去。

那一天进屋时，我觉得相框里的那位男子对我笑了一下，我吃了一惊，揉揉眼再看照片，没法确定是不是我的幻觉。他走了，但他的一张照片就能让我安心地住在这小屋里，使用他所用过的用具，这应该就是他的魅力吧。压缩饼干早就吃完了，我已经不再想念从前那些美味的食物了。草本植物令我的体质越来越强壮，每天的远足活动也令我一天比一天着迷。尽管草原的风景有点单调，但我感到自己从未像现在这样头脑清醒、四肢灵活，就仿佛越活越年轻了似的。不知从哪一天起，我开始逐渐地领悟大草原上的种种事物了。比如说那只巨鸟吧，它为什么要定期到这里来探望这座小木屋？因为这也是它的财产嘛。木屋属于草原，虽然我住在里面了，但房子的属性是不会改变的。它的目光虽然有点严厉，却那么坦然，令我想起这里的天空。也许它没有注意到我，也许注意到了，这又有什么不同呢？它很可能是将我和小屋看作一个东西的。再比如昨天下午发现的那一大丛鸡冠花。我本来已经走过去了，但不知为什么停了下来，回头去看什么东西。结果我满眼全是怒放的鸡冠花，那种特别的红色令我销魂。很显然，它们是为我开放的，如果我不回头，不就看不到它们了吗？当时我已经吃得很饱了，要不然我就会横扫一大片——那也许是花儿们的目的吧。有些草的根扎得特别深，它们仅仅在地面露出一点点细芽，它们庞大的根系属于地下的世界。我是在水潭边发现它们的这个秘密的。当时水边的一块土崩塌了，我看到了那些强有力的根系。这类草总是生长在水边，我已经有两次看见泥土崩塌，真相显露。看来它们隐藏自己就是为了显露自己。

现在我每天都同那挂毯上的鸵鸟用眼神交流，我们之间的确有了沟通，尽管我暂时还说不出那是什么样的沟通。

有些启示总是同风一块儿到来。风是草原的骚动，让我震惊，最后却又让我心安。总是那同一个声音在半空说话："食草者，你已经认出了你的出生地吗？"我很想回答这个人的问话，可我又没有十足的把握。我对周围事物的了解不够深入，草原对我显露的依然是它谜一样的面孔。有好几次，我觉得自己就要说出那个东西了，但其实还差得很远。风带来的启示让我怀着希望——我听到那人的询问之后，就可以安然入睡了。他应该是这木屋的主人，否则他能是谁？我还没有猜到那个形象，即使在梦中也没有。然而我不气馁，因为住在这鸵鸟之乡，每天胸中都涌出热烈高昂的情绪。我凝视着水潭边的那块青石板，设想自己从那上面滑落水中的情形。石板上已长满了青苔，只要脚一踏上去就是那种结局，假如人不会游泳的话。当然，青石板的意义就在这里，它那深绿色的脸上充满了诱惑。一只雀子飞到了那石板上，它的胸脯是金红色的，它牢牢地站立在青苔上……即使躺在半夜里的黑暗中，我也为这个场景羞红了脸。我是因为不够胆大才始终没能认出我的出生地吗？

很久以前，我听人们谈起过非洲草原。那时我并没有动心，我总在家乡附近的那几个省份里旅游，东走走，西看看。后来有一天，一位厨师对我说："去非洲大草原就相当于被判了死刑。"他是盯着我的眼睛说这话的，他自己的眼里满是嘲弄。我还阅读过关于鸵鸟的生活习性的书。我并没有打算来大草原，可不知怎么就闯到这里来了，有点像一场玩笑，又像蓄谋已久似的。现在回忆起来，我得承认厨师的话有可能起了决定性的推动作用。就是由于这种模糊不清和犹犹豫豫，所以我只带了少量生活用品就出发了，目标也不是太清晰。

反正我就这样来了。我也没有料到这里有小木屋。很多东西都是这样，当你想到它，它就出现了。我来了没多久就明白了厨师的话，因为我发现这个地方是走不出去的。我带着指南针，可是不论我往哪个方向走，都从来没有走到过尽头。我眼前出现的，总是这同样的草原风景。最远的一次整整走了两天两夜，总共只睡了两个小时，回到小木屋时已没法动弹了。就是那一次，我发现了巨鸟的行踪。那是湿地上的一行脚印——

不是它会是谁呢？那些脚印隐没在乱草丛中。我将厨师的话理解为新世界的发现，我不认为他说的是死亡。鸵鸟的行踪也证实了这一点，要不它怎么会总伴随着我？我的这个念头产生之后，生活就变得空前地积极起来了。因为怕睡觉浪费了时间，我甚至夜里也出行了。有几次，我睡到两点就起床。外面并不黑，星光闪烁。在草原上走夜路，满心都是喜悦。难忘的那一回是互动居然在野外发生了。起先是草原猛地一扭动，我被绊了一个跟头。我坐在地上等了好久，然后小心翼翼地开始爬动。我听到下面的喧嚣渐渐地平息，那个熟悉的声音在半空响起来了："食草者，我们转一个圈子吧。"我的胆子变大了，我站起来，谨慎地向前迈出三步，然后退一步。脚下的土地还在动，我居然合上了它的节奏。头上的星空，大地的摇篮，无名的香花……我真想一直这样走下去。然而后来我听到了水响，那是我的水潭，一条银色的鱼儿在跳龙门。我回来了。进门前我听到有人在屋里说："这里的事业总是一帆风顺的，毫无例外。"也许是相框里的那个人开口说话了。

一切都真的如此一帆风顺。现在，我走不出草原这件事不但不令我苦恼，反而令我感到其乐无穷了。因为我忽然明白了，不是我走不出这个地方，而是我将整个世界变成了它。不是通过意念，而是通过每一天的行动和没完没了的揣测。比如鸵鸟们吧，它们越是不现身，我对它们的揣测就越多。其结果是有一回，我竟然成功地将巨鸟召唤到了我的木屋门口。我在屋内，它在屋外，我和它对视着。它的眼睛本来是很严厉的，可是那一刻完全没有任何表情，像透明的棕色玻璃。我意识到它是我召来的，心中感慨万千。我朝它靠近时，它立刻就后退了。它在阳光中投下一大块阴影，那阴影显示着它的威力。我又朝它走了几步，它则相应地后退。后来我有点累了，想返回屋里拿张板凳出来。我一转身它立刻跑掉了。在我眼中，它的背影像一座小山包一样在半空中稳稳地运行。我喃喃地对自己说，天哪，我如今可以随意将此地的主人召到我面前来了。或许我自己也在慢慢变成主人？

木屋的主人一次都没回来过，我连在梦里都没见到过他。当我在这屋里住满一年时，我开始思考他的决绝的态度了。我感到这种决绝同岩石类似，有点可怕。这是不是在暗示我自己的态度呢？我不是从人群中走到这里来了吗？不是从来也没有后悔过吗？有什么可遗憾的呢？现在我正在成为一个好学上进的人，我觉得自己正一心想要将大草原的谜底揭开——我已经揭开一些小小的谜底了，比如水潭边的那块青石板，比如下面拥有巨大的根系，从地面看却像缝衣针一样的怪草，比如当我经过它们时突然开花的几种植物，等等。我发现我乐此不疲，我还发现我解谜的速度越来越快，而谜正以几何数字在增长。区别在于，我是回不去了，而他是自觉地放弃了他的家。这区别意味着什么呢？区别真的存在吗？一天早上醒来后我突然悟到，这位主人才是最大的谜。看看他的从容风度，看看屋里屋外的设计，看看他同动植物的关系，这些，这些……大大超出了我从前的想象啊。

又到半夜了，我敞开门，站在门口大声呼唤：

“您回来吧，这是您的家啊！”

水潭里的鱼儿跳龙门时，我听到空中响起沉闷的雷鸣。

“食草者，我已经回来了！”那个声音伴着雷声出现了。

多么悦耳的声音！他已经回家了。难道我就是他吗？难道他一直在暗中训练我，令我变成他？这里面的道理真是曲里拐弯。

我关起门来，在黑暗中细想这件事。白天里，我用木桶从水潭里舀水时，一条非洲鲫鱼跳到了我的桶里。它欢快地在桶里游动，就好像这木桶对它来说比水潭更为惬意似的。我立刻明白了这不是一条普通的鱼，在大草原上，没有任何普通的事物。我将木桶放在屋檐下，换了那把铁壶去井里舀水来烧茶。当我喝完茶之后再去看桶里的鱼时，发现鱼已经不见了，旁边也没有它的任何踪迹。我对自己说，它正是可以消失的那种鱼，忽隐忽现，多么美啊。后来我忙来忙去的，将这件事忘了，现在再次想起，一下子就明白了半空里的那个声音所说的事。除了鱼儿的游戏之外，不是还有凤仙花和鸡冠花的游戏吗？记不清多少次了，它们见了我就开放，让我欢喜得一味傻笑。这是大草原的游戏，我如果要报答这木屋的主人，就要尽全力加入这些游戏。今夜的月光特别明亮，正好照在墙上的相框那一块。我站起来走近相框，凝视那位主人。但那照片并没有什么异样，倒是挂毯中央的鸵鸟眼球在发光！那眼球忽闪忽闪的，威力巨大，令我头晕。啊，这是他回来了！这不就是他吗？这也是我，因为是我在头晕啊！它闪了十几下就泯灭了，羊毛挂毯渗出印度香那好闻的味儿。

“您回来了，您已经回来了。”我轻声说道。

我从印度香的味儿里醒过来时，已经是中午了。我感觉到空气中有点儿异样，有一种令人振奋的喜庆味——阳光投射到墙上，那么亮！我一打开房门就看到了，它们一共有七只。那只巨鸟站在中间，它的左右各有三只，它们离我大约有一公里远。七只鸟都面向着我和木屋，它们是在举行一个仪式吗？我记起了昨天的事，心中涌起激情。它们是在庆祝我获得了主人的身份啊，昨天我不是将巨鸟召来了吗？我已经通过了测试！是的，我在永恒不破的困惑中通过了伟大的测试。我向鸟儿们招手，在原地跳了三跳。我看见它们转过身开始奔跑，一会儿就跑得不见踪影了。我知道它们不会远离，下一次，当我想要召它们来时，它们就会出现。而当它们想召唤我时，它们也会发信号给我。哈，我那亲爱的小屋的主人，您将一切都安排得多么妥帖啊。从今以后我就要死心塌地地倾听您发出的暗示了，因为草原的生活给我带来了莫大的满足。

幸　福

文老师坐在黑黑的房间里思考着宇宙的结构。后来她站起身，走过去打开窗户，于是有各式各样的黑影从窗口游了进来，房间里变得半明半暗。噗、噗、噗……那些影子发出响声。文老师感到自己的身体在下沉，天花板和四面墙向外散开去。文老师并没有悬空，她的脚立在大地之上，周围种种的事物在向她聚拢——它们不但不令她窒息，反而让她产生游刃有余的欢欣感。

“您的位置在西南方向的第二层，就是窗台上有一只苹果的那间房，不大不小，房里有简单的家具和一部打字机。”声音是从一个录音机里传出来的。

“您指出了我的位置，那么您是谁？”文老师困惑地问道。

“我是您的一位朋友，您用不着称呼我，因为我们之间的关系就在这栋房子里，同外界无关。”

文老师想，这些话都是事先用录音机录好的。多么奇妙啊！现在，她要做深呼吸了。当她做深呼吸时，一些影子飞快地从她的鼻腔进入她的肺部。她的身体继续缓缓下沉。在这种运动的过程中，文老师总想知道自己的定位——她究竟是在这栋“宇宙之屋”的哪个房间里？朝西？但录音机里的那个声音并不会时常响起，文老师就总是处在困惑之中。她并不讨厌这种困惑，但是她渴望定位。定位或迟或早会发生，但并不如她所预料的那样发生，不如说定位总是出其不意的。出其不意的定位常常令文老师情绪狂热。她热爱“宇宙之屋”的活动。她想，墙不是已经散开了吗？根据收音机里那个声音的提示，她应该是在屋内——“第二层”“西南方向”“不大不小”诸如此类规定，而不可能是屋外的规定。可是下沉的运动使得她不可能停留在一间房里，这就增加了定位的困难，可这种无法定位的状况是多么微妙，又多么令她满足啊！也许她同时在南又在北，在东又在西，但那个声音的提示总是清晰的，给她一种可依赖的实在感。

很多年以前，文老师就盼望着进行这种操练，也就是说，她盼望在一座结构不明的大房子里摸索着进入陌生的房间。但这件事直到她的晚年才发生。到现在这种操练已经进行过无数次了，越操练，房子就越生长，陌生的房间与楼层也越多。可以说，要想真正弄清房间与走廊的朝向、楼层的高低、大门的位置等问题几乎是不可能的。有一次，她摸索着走到了一条走廊的尽头，正在担心着别一脚踏空，那走廊却又拐了个弯，于是她身不由己地进入了一间没有窗户的小房间。那房间奇小，只有一米见方，门被人关上后里头闷热不堪。她想出去，越挣扎房里的空间越小，四壁夹紧了她的身体，她在恐惧中进入昏睡，就这样站在那里睡。直到天亮，才听到录音机里的那个声音说 :“这间房在第七层的西南拐角上，是一间堆房。”话音一落，文老师就发现自己已经站在了走廊里，靠右手边是下楼的楼梯。

这座房子是没有电梯的，不过在深夜里爬楼总能给文老师带来快感。有一次，她记得自己爬一爬，歇一歇，一共爬了二十五层。第二十五层好像是顶层，走廊四通八达，像那种巨大的塔楼，微弱的灯光在头顶闪着，好像要熄灭一样。

当她鼓起勇气打开通往屋顶平台的那扇门，要去外面看看时，却又发现那不是什么屋顶平台，而是继续上升的楼梯。她有点害怕了，于是关上那扇门，转过身准备下楼，然而找不到下楼的楼梯口了。

不论她往哪个方向走，走到尽头都是上升的楼梯口，仿佛在逼她继续往上爬似的。文老师决定坐在走廊里的那把长木椅上睡一会儿。她睡了没多久就被吵醒了。有一个人正缓慢而沉重地从上面下楼来。是一个老头，戴着格子呢的鸭舌帽。

老头走到她的面前，看着她的眼睛说："在异国他乡遇见故人总是一件振奋人心的事。"她记得自己回应了他几句话，但后来忘记说的是什么了。他俩从走廊尽头一拐弯就出了大门。

文老师回头一看，身后只是那种普通大小的板楼，一共六层，屋顶是斜顶，上面盖着装饰瓦。老头钻进一辆出租车走了。文老师想回楼里去看看，但有人关上了大门，正在里面将大门反锁。

那栋房子就在她家所在的那条街上，是一个老年人的活动室，但不知为什么，并没有多少老年人去那里搞文娱活动。文老师退休后曾向邻居打听过，邻居告诉她："那里面很憋闷，并不适合老年人。”

可文老师去过一次之后就对这座房子着迷了，尤其是棋牌室，空旷的房间里天花板特别高，一般只有两三个人在里头下棋，到下午就一个人都没有了。文老师于是就常常在晚间去那里待着。房子的变形是几个月之后发生的。

当时一面墙和天花板消失了，文老师一抬头就看见了星空，星空里有那个图案。她听到一位过世的堂兄在她耳边笑着说：“这种游戏属于你一个人了啊。”这句话令她全身起鸡皮疙瘩，可也增加了她的好奇心。从那以后，她便隔三岔五地往老年活动室跑了。

到后来，事情就变得越来越怪，最为蹊跷的一次是这栋六层楼房变成了一座平房，并且呈现出章鱼的形状——中央是宽阔无比的大厅，大厅四周的墙面上辟出好多条走道，那是些无尽头的走道，走道的两旁有看上去像办公室的房间。

文老师尝试过，似乎每一条走道都诱惑着她无止境地走下去，但走了一段时间之后，文老师就会害怕起来，于是返回到中央大厅。她想道，变形的房子是多么危险，又是多么有诱惑力啊！

最有意思的是，当她在水泥走道上行走时，可以听到什么地方正在上演皮影戏，那戏场的氛围和她小时候经历过的一模一样——敲锣，打鼓，演唱，十分热闹。尽管如此，文老师还是不愿一直走下去不回头。不光是害怕，也因为对某种利益的估算。

从前的同事在街上遇见了晚归的文老师，便同她说话。

“文老师，您在独享探险的乐趣啊。”她说。

“嗯。那么，您如何评估这种建筑物？”文老师感到背上在流冷汗。

“我不会去评估它的，那太冒险了。我觉得您有先驱的风范，令人肃然起敬。这老年活动室莫不是为您建造的？”同事的语调阴阳怪气。

“可是白天里，也有别的人在里头活动。”文老师申辩道。

“别的人？那两三个人算不了什么，他们在里头闲聊一会儿就散去了。”

分手后，文老师吃惊地想，这位同事真了解内幕啊，也许她和自己一样，一直在关注同样的事？如果是这样的话，可不可以说这老年活动室也是为同事建造的呢？这栋普普通通的六层楼的灰色建筑，在这条街上一点都不起眼。

有一名清扫工每天早晨打开大门，将里面的所有房间和走廊楼梯清扫一遍。因为这栋楼只有一个单元，也就是十二套房间，清扫工作到中午就结束了。

大门敞开着，穿老鼠色工作服的女清洁工总是到了深夜才来锁门，第二天早晨又来开门。文老师也想过，为什么她要每天深夜从什么地方赶到这里来锁门呢？

自从同事指出这栋楼有可能是为她文老师建造的之后，文老师便进一步产生了怀疑——莫非清扫工也是在为她留门？这种事想一想都会令她惊骇。

近年来，文老师倒是越来越镇定了，这要感谢那种下沉运动。因为只要身体一下沉，思维就会上升，达到天马行空的境界。那种时候，对那位清扫工的顾忌也消失了。尽管之前她在深夜遇见过她一次，并受到了她的盘问。

下沉运动越做就越得心应手，几乎达到了想下就下、想上就上的熟练程度。一开始她是独自做运动，运动也只限于她所在的那个房间——通常是棋牌室。

到后来，当所有的墙和天花板都散开之后，当她回旋自如地在空间里来来往往时，她就感到有一个透明的建筑成了她的身体的延伸部分，她带着这栋似有若无的房子到处走，这房子竟依赖于她而存在。因为当她不思考时，房子就消失了，当她屏气凝神时，结构琢磨不透的透明建筑又出现了。这种游戏很好玩。有一次，她甚至在走廊上遇见了她的儿子蜂。儿子穿着登山服，似乎要远行。

“蜂，你是来找我的吗？”“是啊，他们说您在攀登，我也想领略上面的风光，就来了。可是它究竟有多高？我看不透。”“谁能一下看透呢，只能在攀登中去体会。我们往右拐吧，前面应该有个平台，喏，这边是左，这边是右。”“在这种地方妈妈还能保持判断力，真了不起。”文老师记得她不知不觉地就同儿子走出了房子的大门。

过后儿子告诉她说，他被这座变形的房子的高度吓坏了，心里立刻打了退堂鼓。他是挽着文老师的手臂退下来的。后来蜂再也没提起过那次攀登，也许他觉得那种事还是不去谈它为好吧。

老年活动室是文老师心中的秘密，可她又觉得好像每个人都知道这个秘密。不光她的两个儿子，就是那些退休教师也会装作不经意的样子问起这事。

文老师想，某种结构是同每个人的生活息息相关的，但那结构总要体现在一些不同事物——比如房屋——上面，不然就没法看到和设想。是她文老师首先看出了老年活动室的结构呢，还是那结构一直在向她发信息，渴望将她包容进去？

也许这种事一旦发生，她就会在人群中变得显眼吧。所以现在文老师感到她被周围人的激情包围着，人人都对她有所期望似的。甚至菜市场的菜贩们也在议论她。“她将一座普通的房子变成了类似命运的东西。”

“据说建筑物如果无止限地变形的话,就同人的体力有关。”文老师仅仅偶然听到这两句。那两位故意高声地说话，分明是要让她听见。

菜贩们的反应令文老师振奋，她心里不断涌出新的希望：如果那个结构在宇宙间的一切事物上都能显现出来，她不就随时可以同别人谈论了吗？她一定要坚持将这事做下去，因为同幸福有关啊。

从上个月以来，她的头上出现了屋顶，那是当她踏进星空的那一瞬间发生的。于是她有了一种完美的感觉。

她要将幸福的奥秘传达给别人，那就是，每一个人都可以钻进不同的事物，变成事物本身。当然这里头有些技巧，她也可以将技巧传达给别人。

比如根据首先触摸到的事物（墙、门把手、楼梯口等等）

来判断方向，比如根据楼层的高度和走廊的长度来调节自己的活动范围等，这都是她的一些经验。

去老年活动室进行冥想成了文老师的专利，这个专利是她退休之后获得的，产生于一次不经意的逗留。

那一天，她吃完晚饭，收拾好厨房，一看天还早，便去街上溜达。

她记得她还在路边遇见了已退休的校长，校长说她“气色不错”。后来她经过老年活动室，看见大门敞开，几间房里还有灯光。她感到好奇，便走了进去。起先她站在乒乓球室，那两张球桌静静地立在灯光下，给她的感觉并不像有人会进来打球。

于是她退出来，走进了棋牌室。棋牌室的桌子上摆着一张人的头部的素描，那素描很模糊，也许画的不是人，而是花岗岩上面的纹路。文老师坐下来观看，心里想，这是哪一位老人的作品？

看着看着精神就有些恍惚，恍惚中又有种隐隐的激动。她听到天花板那里有细小的骚动，那骚动一阵一阵的，有时激烈，有时又平息下来。到底是什么动物在弄出响声？

文老师爬上桌子，想要弄清。她刚一在桌子上站好，棋牌室掩着的门就被打开了，电力所的退休工人钟志东站在门口。文老师尴尬地从桌子上下来了。

“因为这里亮着灯，我就顺便来看看。”钟志东说。

“看来不止我一个人关心老年活动室啊。”文老师说。

“当然，这个活动室总在我们心里。”钟志东的声音很坚定。

钟志东很快就离开了，文老师却又在桌旁坐了下来。天花板那里的喧响已经停止了。文老师再次观看那幅素描，又发现画的是一座房子。不过那种画法很别致，从不同的角度去观看，房子的结构和楼层的数量大不相同。

起先她以为是画的老年活动室，后来又以为是画的她那个学校的教学大楼，末了她居然看出纸上描绘的建筑有三十三层，很像一座市中心的写字楼。文老师的兴趣被激起，她不想马上回家了。她的体内产生了一股类似青春时代的活力，她要在这座房子里搞活动。当然，那时她并不知道自己会搞些什么活动。那一回，她上了楼，又下了楼，然后又上去，又下来。当她在楼梯上行走时，她就感到整座房子贴着她的心，变得无比私密。就仿佛有个人在她耳边亲切地询问：“往左还是往右？想去第八层南边那间房吗……”她的确听见了询问者的声音，于是由着性子应答，感到整个身心无比地舒畅。接下来便是变形。她已经经历过了多少激动人心的场面？文老师将心中的这个问题说出了声。

此刻，文老师在深夜怀着空前的满足感走出老年活动室，在这样的夜晚，星空与城市的变形都依仗于她的意志和激情。她在书报亭旁停下来，凝视着一个渐渐移近的黑影，清晰地说道：“又一次。”

永生难忘的美食

我们这些住在工人宿舍的小孩都喜欢去圆妈妈家玩耍。圆妈妈的那两间土砖房盖在离我们工人宿舍不远的山坡上。她的丈夫去世了，她一个人守着那一大片菜园和一个鱼塘，塘边有三棵巨大的垂柳。我总觉得这三棵老树在夜里看起来很吓人。圆妈妈菜园里的菜品种很多，其中我最喜欢的是紫苏。紫苏很贱，用不着特殊照顾它们，下点雨就长开了，散发着特殊的、让人想入非非的异香。我知道在中药里它被称为苏叶，是一味祛风寒的良药。我们拥进圆妈妈那两间宽敞而低矮的土砖屋，在里头打打闹闹。圆妈妈在后面的厨房里烧黄鳝给我们吃，黄鳝里头放了不少紫苏，那种味道令我永生难忘。我后来常常在梦里喊着："紫苏！紫苏……"然后我就被自己吵醒了。

星期六早上不用去学校。我刚一睁开眼就看见爹爹在我的上方，他的那张脸笑盈盈的。

"鸡仔，快起来！趁天还没亮，去圆妈妈家帮她烧火去。"

"外面这么黑，她家里更黑，我害怕。"

"不准说这种话。你是男孩，难道还怕鬼？"

我不情愿地穿衣服。

"这就对了嘛，这就对了……"

爹爹说着就用他的大手一把将我推出了门。

我在黑地里晕头晕脑地走，努力地辨认着那条羊肠小道。终于到了那口塘边，微光中那棵老柳树特别像一个鬼，我扭过头去不看它。过了那口塘，就进菜园了。我摸到了紫苏，将叶子揉碎放在鼻子前用力嗅。多么醉人的香气！

圆妈妈像一头熊一样蹲在灶膛前。

"圆妈妈，我帮您烧火来了。"

"是鸡仔啊，怎么不多睡一会儿？这天气最好睡觉嘛。"

"爹爹让我来的，说让我锻炼胆量。"

"哈哈，在鱼塘边上碰到鬼来扯你的腿了吧？"

我开始捣弄灶膛里的树枝，我是烧柴火的老手。火焰噼噼啪啪地跳跃着，将我的瞌睡一下子全赶走了。圆妈妈在我上面唠叨说，大铁锅里煮的是玫瑰粥，一会儿我就可以喝了。我看见一些影子溜进了厨房，是他们，来等着喝红糖玫瑰粥的。

“今天鸡仔用大碗。”

她用一个最大的粗瓷碗给我盛了满满一碗，同伴们都妒忌地看着我。

玫瑰，糯米，红糖，人生的最高享受。

“有黄鳝的地方才会生长紫苏吗？”泥古瞪着斗鸡眼问圆妈妈。

大家哄笑起来，随即指责泥古，说他整天就想着吃好东西，好吃懒做。

但是圆妈妈说，她就喜欢爱吃的小孩。爱吃的小孩长得快，长得好，长大之后有力气。泥古的问题提得好，紫苏正是同黄鳝长在一处的。哪里有黄鳝，哪里就有紫苏，难道不是这样吗？这就可见泥古不光爱吃，还爱观察，爱动脑子。泥古受了圆妈妈的表扬，很是得意，吹牛说他还观察到了菜园里的一些有趣的现象，可他现在不想说，以后再告诉我们。我心里虽佩服泥古，可并不喜欢他这种卖关子的小脾气。

外面天大亮了。我们从房里冲出来，到山坡上的枞树林里帮圆妈妈捡枯枝。站在坡上向菜园里看去，满园都是油亮的紫苏！这太不可思议了，难道我们一议论紫苏，它们就长满了菜园？原来不是只有一小片吗？

“泥古！泥古！快来瞧你的紫苏！这是怎么回事？啊？”我喊着说。

“我早就看见了。”泥古不以为然地说，“你再去田里瞧瞧，今年的黄鳝吃不完。”

不知不觉地，我就跟在泥古身后了。这个小孩，他身上有那么多的谜，他简直就不像一个小孩，而是像……他像什么呢？

“我像老老爷爷。”

泥古回过头来对我说。我吓了一大跳——他居然知道我在想什么！

“我就是像老老爷爷，我自己也觉得我像。鸡仔，你别怕我，我不会害人。你瞧，天上下毛毛雨了，这是为了——”他翻了翻眼珠不说了。

“为了园子里的蔬菜？”我问道。

“不是的，没有那么直接吧。”

我们背起枯枝下山。路很滑，我们小心翼翼地走。我注意到前面的泥古走得很稳，他的脚就像同泥地有默契似的，他根本不可能滑倒。可我还是滑倒了。我们当中有好几个人成了泥人。

“泥古泥古，告诉我你的秘密吧。”我恳求他说。

“有什么秘密呢，多同他玩玩，他就同你熟悉了。”

“谁？”我又被他的话吓了一跳。

泥古没有回答，但我已经知道答案了。我在心里叹道：“泥古啊泥古。”

圆妈妈站在门口，轮流摸着我们每个人的头，口里说着：“好啊，好啊。”

我们轮流将枯枝放在那一堆，我看见圆妈妈脸上的表情有点恍惚。她在想什么？

“鸡仔！”妈妈在隔壁房里大声说，“圆妈妈说你进步很大，我和爹爹很高兴。”

我合上作业本，走到她的卧室里。

“她怎么说我的，妈妈？”

“她说你在她家操刀剁猪菜就像里手行家。她还说你们几个在山坡上滚来滚去的。鸡仔，你们在那里滚来滚去干什么？”

“您说呢，妈妈？”

“是不是同那山讨价还价？”

“正是啊，妈妈！您最能猜中我的念头。”

妈妈在搓打鞋底的麻线。她一年四季都要搓麻线，因为我和两个哥哥穿鞋很费。

“那么，你同山谈拢了吗？”她说这话时嘴角上有笑意。

“还没有呢。很难很难的，大家都泄气了。要是泥古在就好了。”

“泥古不回来了。他奶奶独居，那边村里常有狼来袭击他们，奶奶离不开泥古。”

“泥古真勇敢。妈妈，我总觉得泥古不是一般的人。”

“他是英雄。不过你努力一下，也可以变成他。”

“不可能吧。我们那天在山坡上碰得头破血流——我们跟他差得太远。这事圆妈妈最清楚。泥古什么事都懂。”

离开妈妈后，我继续想着泥古的事。他住在山那边的村子里，那是一个常有恶狼光顾的村子。那会是一种什么样的生活？泥古对那种生活会有什么感觉？恶狼光顾村庄，是为了什么？我知道狼有时也会吃人的，泥古如何与狼共生呢？这种问题始终是我最感兴趣的。是泥古把我的注意力引向了这个方面。那些狼……

我决心去一回泥古所在的唐村。我把这个念头告诉了爹爹。

“看看泥古怎样同狼打交道。”我说。

“嗯——那里面有很深的学问。”爹爹沉思了一会儿才说，“那么，你打算在唐村待几天？”

“三五天吧。”

“鸡仔，你可要想清楚啊，三五天是不够的。”

“那就多待几天。”

我背起旅行包就出发了。

到达唐村时天色已晚。村前的那条路上站着一个小男孩，正在用手电照来照去的。他看见了我，就用手电光照着我的脸，令我很不舒服。

“泥古是我的堂兄，他知道你要来。我的名字是知了。”他说。

“他已经同奶奶搬到山间的旧屋里去住了。”他又说。

他领着我往山里走。我问知了泥古为什么要搬到山里去，知了回答说为了那些狼嘛。我条件反射似的说：“果然。”知了就夸我“很聪明”。

山里隐约传来狼嚎，我的牙齿在打架，两条腿也发软了。知了见我同他拉开了距离，就转过身来站在原地等我。他用手电照着地上，仿佛示意我朝地上看。于是我看见了大片大片的紫苏。我弯下腰抓了一把叶子，放到鼻子前。啊，真是醉人的香气！我恢复了元气，满脑子里都是黄鳝汤。我问知了到泥古那里还有多远，我说话时就变得饥肠辘辘了。泥古会不会请我吃黄鳝？“他那里有点远，我没有把握，不知道会不会走错。在我们唐村，这种事没有定准。”知了说话的声音很小，可我还是听清了，因为此刻山里十分寂静。他的话让我心里很着急，我现在一心想吃黄鳝。既然已经没有危险了，我们就应该奋力赶路。我加快了脚步。我觉得自己每一脚都踩在那些紫苏上面，它们拖住我，让我不能走得更快。我问知了，能不能走到路上去？难道这地方没有路吗？知了严肃地回答我说，他已经尽力了，大概这里就是没有路。“何况是在这种黑夜里。”他又加了一句。他的话让我冷静下来了。我放弃了努力，伸手抓住知了的衣服后襟，让他拖着我走。我还反复地问他：“我们脚下是紫苏吗？”他则不厌其烦地回答说：“是啊。”

我们磕磕绊绊地走了很久。

忽然，我听到了泥古在什么地方说：“在山里，只要不刮风，这些狼就安静了。”他的声音是那么清晰，我激动不已。“是泥古吗？”我问知了。

“是泥古，可是还离得很远。”知了说。

“他的声音就在这附近啊！”

“在山里总是这样。即使人在山顶说话，我们听起来也像在附近。只有唐村人能够分辨与别人的距离。”

“泥古怕不怕狼？”我想起来问知了。

“他现在大概已经成了狼群的首领吧。这种事做起来会上瘾的。”

那茅屋突然就出现了，阴森森的，里面看不到一点儿光。知了用力拍了三下手掌，木门就吱呀一声开了，但是没看到人。知了拉着我的手踏进黑屋。

“我们坐下吧。”知了大声说。

我果然摸到了椅子。我的面前还有一张桌子。

“人呢？人呢？”我着急地问道。

“这会儿泥古不在屋里。”

“他在哪里？”

“他正领着奶奶在山上散步。”

“散步？！外面这么黑！”

“是啊，越黑越起劲。可能是去找那些狼吧。”

我说不出话来，感到身体发冷。

“这屋里有几间房？”我问他。

“两间。泥古和奶奶住一间，后面那间归你住，已经铺好床了。我觉得，你是要长住的吧。你来了就不会想走了。你不信？你等着瞧吧。我要走了，鸡仔，你好自为之吧，我不陪你了，我害怕被狼吃掉。”

他说完就出去了。我大概是吓坏了，牙齿在打架。现在一定很晚了，我却不愿意去睡觉，也不愿意躲起来。我好像渴望什么事发生，那会是什么事？知了说我来了就不会想走了，他指的是我渴望的事吗？这个该死的知了，他用手电照着我的脸，那时他就从我脸上看见了那件事吗？我用手在桌上摸索，摸到了一个大碗，碗里装着滑溜溜的东西。我觉得应该是剖好了的黄鳝，于是心里一热，胆怯消失了。泥古等着我来吃黄鳝呢，多么好的兄弟啊！

我摸索着走进了后面那间房，然后又摸到了床。我脱下了鞋和外衣，在床上躺下，盖上了被子。屋里非常安静，可以说是太安静了。也许像泥古说的，狼是不会来了。这么黑的天，他扶着奶奶到哪里去找狼？是他要找狼还是奶奶要找？多么蹊跷啊！被子散发出阳光的清香，我念着泥古的好处，很快就入睡了。

有人在前面房里讲话，我被吵醒了。那声音不是泥古的，也不是奶奶的，是两个成年男子的。那两个人似乎很焦急，似乎急于办成一件事。

“他家养着兔子，可以用兔子去将狼引出来。”一个人说道。

“待我们拿着兔子走到那里，天就亮了。天一亮，狼就不会出来了。还是不要白费力气吧。”第二个人说。他的声音里透着沮丧。

我在被窝里憋住呼吸，生怕这两个人发现我。我怀疑这两个人要谋害泥古，我必须设法救他。可是这两个人讨论来讨论去的，既不采取行动，也不离开屋子。中途他们还异想天开，说要用烟去熏狼窝，设法让狼跑出来。知了说泥古在寻找那些狼，那么这两个人也许竟是要帮泥古的忙呢？狼饿了是要吃人的，他们怎么一点都不害怕？泥古怎么一点都不害怕？还有奶奶呢？我记忆中的奶奶是一位黑瘦的老婆婆，头上已经没有一根头发了，但双眼闪闪发亮。

“啊！啊——”两人中的一个发出凄厉的叫声。

“怎么啦？怎么啦？”另一个追问道。

“是兔子！你瞧，一对白兔从笼子里跑出去了！”

我听见两人走到屋外去了，他们将房门砰的一声关上了。

我赤着脚溜到前面房里，从窗口往外一看，大吃了一惊。

屋外月光很亮，将屋前的空地照得如同白昼。一，二，三——共有三只野狼面对着我所在的小屋。但这些狼并不向小屋靠拢，或许它们认为屋里没有什么东西可吃？那些绿莹莹的眼睛都在盯着我，如果它们不想吃我，为什么盯着我？我拉了拉门把手——门关得很紧。我暗中的动作还是被它们觉察了，它们朝我走拢了一些，似乎在向我示威。于是我不敢动了，立在窗前同它们对峙。我心里觉得自己很蠢，干吗站在这里？该干什么就干什么去，又会怎么样？可是我没有办法，我被对面的那三只狼吸走了全部注意力，根本不可能再想别的事。

也不知过了多久——其间有各种各样的念头从我脑海中闪过，但都是不可行的——三只狼突然开始后退了。先是面对我后撤，后来就掉转身跑掉了。我的全身像散了架一样，我坐回到椅子里。正在这时，我听到了钥匙在锁孔里转动的声音。

“鸡仔，鸡仔，你的运气真好啊！”泥古大声说。

他点燃了煤油灯。灯光下，我看见奶奶的脸像面具一样，有点可怕。

“我是说鳝鱼，我们要吃鳝鱼了！这是大灰狼给我们的礼物。”

泥古说着就捧着那只碗去后面的厨房了。奶奶的嘴张开了，那是一个黑洞。她在笑？我没听见笑声，我在发抖。不知为什么，我觉得她也是一只狼。我装作没看见，绕开她想往后面走。不好了，我踩着了奶奶的脚，差点绊倒。

“年轻人，做事不要毛躁。”奶奶说。

她一说话，我就镇定下来了。我怪自己太爱胡思乱想。

在后面的厨房里，我帮着烧火。我的心像火花一样欢快地跳跃。

“多放些紫苏啊。”我说。

“那当然，这里有的是。鸡仔，你喜欢它们吗？”泥古压低了声音说。

“你是指狼？”

“还能是什么其他的？”他的声音更小了，耳语一般。

“我害怕。”我也压低了声音，“可是你这么一说，我觉得我也许会喜欢。”

“我看你啊，已经喜欢上了。”

饭菜上桌了。鳝鱼配黄瓜紫苏，外加香喷喷的柴火煮的白米饭。泥古真会享受！

奶奶没和我们一块儿吃。泥古说她在厨房里吃，她放心不下那些狼，要站在后门那里向它们发信号。原来事情已经到了这一步啊，这里面会有些什么样的纠缠？

“鸡仔啊，我估计你来了就不会想走了。在山里生活很容易，我砍柴到集市上去卖，现在劈柴能卖出好价钱。住在山里每天都有奇遇，而且吃得也好，你说是吗？”

我连连点头，我对他越来越佩服了。这时奶奶进来了，奶奶满脸堆笑，不知为什么事开心。她开始收碗，我也帮着收。我让奶奶歇着，她就坐下了。

“它们都认识鸡仔了。”奶奶对泥古说，“鸡仔有福气。”

我在厨房里洗碗时，听见泥古在大声说：

“鸡仔，你要走大运了！”

在山里的第二天，我睡到很晚才起来。我起床时，泥古和奶奶都已经到山里去了。我很后悔，我想去找他们，可是山这么大，我一出去就可能迷路。桌上有粥，还是热的。我喝完粥，坐在那里想主意。泥古昨天说我要走大运了，是什么意思？总不会是要我在家里坐等运气落到我头上吧。我收拾好桌子，走到了外面。啊，我听到了砍柴的声音！虽然离得很远，但那一定是泥古！夜里他告诉过我，只有他和奶奶住在山里，没有其他人。听起来，他是在靠近山顶的地方砍柴，我一定要去找他们。白天不会有狼，就算有，它们也不会来袭击我，泥古不是说过我要走大运了吗？

就这样我开始爬山了。我面前只有一条崎岖的小路，我不能选择。

起先我沿着那条小路往上爬，明显地感到自己离山顶越来越近了。虽然从林中有鸟儿和兽类的叫声，但并不恐怖。我心里感到庆幸。

狼并不是突然出现的，我早就看见它了，在树林比较稀疏的那一边，那块岩石上。只有单独的一只老狼，灰色的，一动不动地站在那上面，死死地盯着我——它也早就看见我了。它为什么不冲到我面前来？它似乎很有把握。对什么事很有把握？说出来也许难以令人相信，我感到它对我会走到它面前去这件事很有把握。我不是正往它跟前走吗？我是不是中了魔？为什么我有充分的时间，却不逃走？我心里有个声音在说：“可怕啊，我这个人……”原来可怕的是鸡仔，不是那只狼。

我就要走到它面前了，我已经来到岩石下面了。

“鸡仔，我们回家吧。”泥古的声音在那上面响起来。

我眨了眨眼，发现老狼已经不见了。泥古背着那捆柴从上面跳下来。

“狼，狼——”我指着上面说。

“还不快走，”奶奶在旁边推了推我，说，“白天里哪来的狼？”

奶奶将另一捆柴交给我。我在心里感叹道：“奶奶多么有力气啊！”

“鸡仔，你看花了眼，你看见的是我！可能因为我老和狼打交道，就变得有点像狼了吧。你刚才不是一点都不怕我吗？”泥古说完就哈哈大笑。

我的确是一点都不怕它吗？我不记得了。可我是朝它走过去的，原来这是有原因的啊。可又是为什么我觉得自己可怕？

快到家了，我又看见了大片的紫苏。看见紫苏就让我想起了狼。不知为什么，我渴望有几只狼在附近出现，但是却没有。它们一定是在泥古的掌握之中。

我和泥古默默地将柴捆放到后面的木棚子里。泥古的样子显得很疲倦，我猜测有什么事耗尽了他的精力。

我们进屋烧茶。

我一边喝茶一边轻描淡写地问泥古说：

“今天上午，最精彩的事被你碰上了吧？”

“嘿嘿，我和奶奶天天都碰见好事情。我们搬到树林里来就为这。”

“我来的时候，我妈说你是为了保护奶奶才住在唐村的。”

“起先我是这样想的，后来发现这才是我要过的日子，再后来又发现没人需要保护。奶奶在林子里走来走去，寻找那些狼。其实啊，那些狼也是因为奶奶才待在附近的。”

泥古的话让我想起了黄鳝和紫苏。

“泥古啊，你是我们当中最聪明的。你同我们不一样。”我由衷地说。

“我不过喜欢钻牛角尖罢了——老是一条道走到黑。”他笑了笑。

吃过饭后，奶奶去睡觉了，泥古说带我去看狼窝。

“它们是新近搬来的，一共有五只。”他说这话时两眼发光。

我很兴奋，只想马上动身。可泥古又不着急了，他说狼反正在那里，又不会走掉，他要先去给坡上的南瓜花授粉，因为这山上很少来蜜蜂。

“有些事不一样，”他慢条斯理地说，“我们在这里种南瓜已经好多年了，蜜蜂总不来。你说这是为什么，想想看。”

我翻了翻眼，想不出。我不像泥古那样聪明。我傻乎乎地跟在他后面走，心里只想着狼群。一会儿就到了南瓜地。我们采集那些雄花，给一朵朵雌花授粉。泥古一边工作一边叹气，他在怜惜那些雌花。我心里想，为什么我没有产生同他一样的心情？在有点神奇的事情上，我的确是一无所知。

授完粉回到家，泥古说他累了，要睡一会儿，然后就到他和奶奶的大房间里去了。

我沮丧地坐在那里，我觉得泥古已经将今天要去看狼的事忘记了。

这时奶奶过来了。奶奶对我说：

“鸡仔，为什么你不去睡呢？能吃能睡的人才干得了大事嘛。”

“泥古说要带我去看狼。”

“哈，那可是需要体力的事！有的人被惊吓过度，就死了。快去休息！”

我回到我的房间，坐在床边。我不打算睡，因为怕他俩撇开我去看狼。

泥古一觉睡到过了吃晚饭的时间都不起来，我心里别提多沮丧了。

我同奶奶两个人吃晚饭。奶奶告诉我说："泥古伤着了内脏，得好好休息。"

"是那些狼伤着了他吗？"我焦急地问。

"瞧你想到哪里去了。我们去找狼，狼怎么会伤害我们？是泥古自己伤了自己。他呀，总是在自己身上弄出些伤来，他对自己太狠了。小小年纪……"

奶奶说这话时眼里含着泪。

因为不能同泥古去看狼，我心里很郁闷。在厨房里洗碗时，我毛手毛脚，将碗弄得哐当哐当响。我听见奶奶在埋怨我，说："他是身上有伤的人……"

我坐在卧室里发了好久的呆，然后又在脸盆里抹上肥皂去逮蚊子。这个游戏很快就令我厌倦了，我只好熄灯睡觉。我钻进被子里时想，泥古今夜是不会起来了。

然而我错了。泥古在半夜将我叫醒，牵着我的手在树林里急速穿行。他变得像猴子般灵敏，而且力气那么大，根本不像身上有伤。我们一直在往上爬，我早就气喘吁吁了，他却像在走平路一样。他一直催我快走，说快要赶不上了，那些狼马上要转移到东边去。我问他是怎么知道的，他就回答说，狼是热情的动物，他能从气流的变化中感觉到它们要离开。他的话让我特别羡慕他——我要是能掌握他这种本事该有多好！可是我什么都不懂，只能被他拖着昏头昏脑地往前蹿，哪里还顾得上去感觉气流。

我们来到了一片平缓的坡上，这里的树木很少。我注意到月光很暗淡。

“它们在那里。”泥古指了指右边。

我看过去，却什么也没有看见。

“你得用力看。”他低声说。

我睁大眼睛使劲看，还是什么也没看见，只除了一棵很高的松树。

“我唤它们过来好吗？”泥古对我耳语道。

我无声地同意了，我的全身像筛糠一样抖动。

忽然，我的右手被利齿咬住了，我痛得发出尖叫。可是并没有动物咬我！难道是幻觉？为什么泥古不过来帮我？我叫了又叫，泥古还是无动于衷。我没有看到血，可我感到自己会因为失血过多而死——那锐利的牙齿咬穿了我的手掌。

“泥古，泥古，我要死了……”

“瞎说，你还没同它们见面呢。今夜的机会特别好……”

他后面还说了些什么我就听不见了，因为我倒在地上晕过去了。

我醒来时，看到我上面那棵松树的枝叶间有五轮明月。为什么是五轮明月？

“这就是它们，一共五只，你害不害怕？它们总在一起，从不分开。”泥古在说话。

我看不见泥古，也看不见狼。或许上空的明月就是狼？“一，二，三，四，五！多么离奇啊！”我喊了出来。

“鸡仔！鸡仔！瞧它们多么喜欢你！”

泥古在用力扶我起来。我的全身软绵绵的，觉得自己散成了好多小块。我在说话，但我的声音消失了。我知道我的嘴在动，可这也算说话吗？

“鸡仔，”泥古凑到我耳边说，“它们在松树间，你不是已经看见它们了吗？你要相信自己的眼睛，这不是幻觉，这是真的。”

他又说了些什么，他的声音变得悲伤起来。我只听见了一句：

“你要相信这是真的。”

当我再次凝视那五轮明月时，我感到自己的身体正在慢慢地恢复知觉，那些麻木的小块正在聚合成整体，一个音节从我嘴里冲出来：“吧！”

我被泥古从地上拉起来了。泥古说我们已经同那五只狼告别过了，现在可以回家了。他还说它们只是短暂地离开一下。我问他是怎么知道的，他说：

“我和奶奶住在这里，它们能走多远？”

“泥古，我要和你们一起生活！”

“好呀好呀，鸡仔！你还在来这里的路上我就知道了。”

远 游

（一）去南门

我们的村子在山区，我们世世代代以农耕为生。虽然工作繁重，起早贪黑，可大家心里还是很满足的——我们这里没有战乱，天灾也很少，生活虽清苦却也安稳。最重要的是，我们是待在自己的家乡啊。可是最近金保家出了点不好的事：他家的小儿子锋不愿在家种田了，要跟随村头的腐伯外出卖红薯黏糖。全村人都知道，挑着一个担子四处游荡，叫卖红薯糖的腐伯，是同乞丐类似的人物。他无儿无女，在屋前屋后种着大片的红薯，用红薯熬糖卖给各县街上的小孩吃。因为腐伯不务正业，抛弃农耕生活，村里人便都用怜悯的眼光看他。家里小孩子调皮，大人惩罚他们时常说这句吓唬他们的话："小心，你会落到腐伯的下场！"

家里人劝也劝了，骂也骂了，锋还是要坚持己见。他这样说：

"我又不是去干坏事，我还是靠劳动养活自己。再说我就是不喜欢种田，我觉得一个人一辈子在一个地方种田就像被流放了一样。我认识县里的两个被流放来的囚徒，他们脸上的那种表情啊，我看了就想哭。"

听了他这番话，父母虽眨巴着眼表示不理解，却也觉得应该尊重他的意志，因为听起来他是经过了深思熟虑的。爹爹想，当一个人铁了心，认定了他的某个目标时，别人对他说什么都是耳边风，这样的例子不算少。爹爹朝妈妈使了个眼色，妈妈就去帮锋收拾行装了。

锋到了腐伯矮小的土砖房里，腐伯正在用巨大的铁锅熬红薯糖。他的床在地灶边上，他忙完了活就坐在床边抽烟。

"腐伯，我来了。"锋说这句话时不知为什么有点心酸。

"等一会儿要出发了，你先在这里睡一觉吧，今天夜里要通宵干活呢。"

腐伯用低沉的声音说过这句话之后，就到后面房里去抽烟了。

锋想了一会儿，想不出夜里会有什么活干，就迷惑地脱了外衣，在腐伯的床上躺下了。他觉得既然是出来同腐伯学习做小买卖，就得一切都听他的。他不是已经羡慕这种生活有很长时间了吗？腐伯的被褥有很浓的烟的气味，锋闻着烟味有些头晕，但很快就睡着了。

他是被腐伯匆匆叫醒的。腐伯说：

“锋，我们得赶快走，天晚了这条路上会有黑帮，抓人去做苦力。我们要在十二点之前赶到南门。”

锋知道南门离他们高村有八十里路，就问腐伯：

“我们来得及吗？”

“当然来得及，你这孩子真喜欢操心。让我先问问你，你喜欢做苦力吗？我是指搬很重的东西。”

“不喜欢，那不就像种田？我最讨厌种田，种田就是流放，回不了家。我只想像您一样老在外面游走，在外游走才是天天住在家里，对吧？”

“你真会耍贫嘴！”腐伯朝锋做了个鬼脸。

他俩一前一后往林县走去。锋挑着担子走在前，两个箩筐里都装了红薯黏糖。腐伯背着他们的干粮和水壶走在后面。锋昂着头，感到自己从来没有像现在这样自豪。他想，他终于找到了自己的家！

过了林县之后，路就变窄了，那是一条蛇形小路，也是通往南门的唯一一条路。两人闷着头奋力赶路。其实锋的心里很清楚，他们半夜十二点之前根本到不了南门，除非可以飞到那里。但他没说出来，他觉得腐伯的计划有另外的意思，腐伯一贯诡计多端。

在蛇形鹅卵石小路上走了好几里路之后，腐伯忽然叫锋停下来。锋说停下来就赶不到南门了，即便走到天亮也赶不到，而且很可能被黑帮捉了去。腐伯听了就说：

“来得及，来得及，我都计算好了的。你这小子，心事太重啊。”

于是锋放下担子，在路边的杂草丛中坐下来歇息。腐伯就站在路上歇息，他那张脸一直偏向南边。过了一会儿，他让锋听一种声音。锋听出来是小孩们的喧闹声。腐伯说那都是住在南门的小孩，他们在等着要吃黏糖呢。锋就问，南门还离得那么远，声音怎么会传到他们这里来的呢？

腐伯笑起来说：

“前面就是南门了，你不要凭老经验计算路程。你同我出来，就要按我的方法计算。那些黑帮是追不上我们了，不过南门这地方也不太平，我们得处处小心。你身上带了匕首吗？”

锋心中一惊，说没带。腐伯说没带没关系，即使带了也不能用，不过要是带了的话就可以用来壮胆。腐伯又要锋讲点村里的逸闻给他听，因为这段时间他不在村里，村里有什么变化都不知道。锋说村里没什么变化，再说他也不关心村里的事。

“真的吗？”腐伯沉下脸，严肃地问锋。

“是真的。”锋老老实实地回答。

“你这小滑头。”腐伯说了这句话就陷入了沉思，过了半晌才又说，“我最担心我那块坟地被水淹掉，可我不能守在那个家里。”

“我们现在的这个家比那个家有意思多了。”锋低声说。

“你这滑头！”腐伯又笑起来。

两个人又起身赶路了。刚才的休息让锋变得有信心了。

当孩子们的喧闹声越来越响时，锋看见有一队穿着邮差服的绿衣人正朝着他和腐伯冲过来。“腐伯，腐伯！”锋惊恐地说，“那是什么人？”腐伯大声回答他说那就是黑帮，他们终于来了。锋扔下担子就想跑，可是腐伯像拎小猴一样将他拎起来了——他变得力大无穷。“你再跑我就将你交给他们。”腐伯咬牙切齿地说。当他放下锋时那些人就冲过来了，然而他们冲到这两个人面前时就站住了。他们好奇地打量锋和腐伯。锋注意到腐伯的表情很严肃。

“你们已经被征去邮政总局接受训练。”为首的那人说。

“可我们一点都不想当邮差！”锋忽然爆发了，“我们要自由自在地卖黏糖，走街串巷。你们不懂这种生活的乐趣，因为隔行如隔山！”

那些邮差都沉默着，相互间你望着我我望着你。锋瞥了腐伯一眼，发现他正用赞赏的目光看着自己。

为首的那人皱起眉头，用锥子般的目光射向锋，似乎在深思锋的话。

过了一会儿，他用力一挥手，说：“走！”

于是那队人马绕过他俩跑远了。

“南门的门口不是他们的地盘。”腐伯低声说道。

他们很快就到了南门，这时天已经黑了。不过这个南门并不是锋以前去过多次的那个繁荣的小镇。这里没有通常的小镇的模样，连条大路都没有，只有零零星星的一些矮茅屋伏在空旷的地面上，每间茅屋里都亮着一盏油灯。腐伯说他们今夜要到一间茅屋里去借宿。锋却在焦虑地想，这种地方这么贫困，怎么会有小孩来买他们的黏糖？这时腐伯走到前面去敲一间茅屋的门了。门开了半边，出来一个老头，腐伯同那老头低语了几句，两人突然爆发出大笑。腐伯回转身让锋进屋。锋问这担子也挑进屋吗，腐伯说不用了，就扔在门口好了。“你还担心黏糖？放心吧，这里的小孩穷凶极恶，明天早上我们一起来就会看见黏糖早被吃光了。钱已经预先付过了。”腐伯说。

进到屋里坐下，就着昏暗的油灯，老者让锋和腐伯一人吃了一碗热面。

就寝时，老者将锋引到后面一张窄床上。锋感到身体下面垫的是稻草，有阵阵香气溢出，这让他无比惬意。可是腐伯并没有睡，他同老头两人到外面去了。锋在心里对自己说：“这才是真正的家啊。”他舍不得马上入睡，于是听见了门外小孩们的说话声。有很多男孩和女孩。

“我可不可以吃一块小黏糖？”

“不行。爷爷说黏糖不是供我们吃的，是供我们念想的……”

“花哥，我在想，你自己不会偷吃吧？墨墨黑黑趁着人不注意……”

“花哥，你知道是谁将黏糖挑来的吗？”

“我知道。我早就注意他了，他从那边走来，很面熟，他来过南门很多次，他是一个贼，什么都偷。”

“我喜欢这个人，他挑来了我们的念想！”

“我闻到香味了，黏糖上的芝麻香。”

“真没出息啊，鸭妹，你就知道吃！”

“今夜守在这里真快活。我们大家守着，等那个人起来……”

“你是说那个贼？他起来就挑着黏糖走了，我们什么都捞不着。”

“可我们并不想捞什么东西……”

锋在黑暗中听小孩们说话，听得要笑起来。他长到二十岁，还从来没有像现在这么快活。他想，这南门不是他所知道的南门，是块风水宝地，就连小孩们都有这种了不起的境界，简直不可思议。怪不得腐伯一年四季在外游荡，一点都不想回村子里去！奇怪的是两箩筐红薯糖，不过是最普通的土产，一下子就引起了这么多美好的联想，这可是他始料未及的。锋很想起床去看看这些小孩，可他更想躺在暗处听他们议论他的黏糖。他躺在那里，无比享受地倾听着孩子们的胡言乱语，就仿佛他自己不再是卖黏糖的小贩，已成了他们当中的一员。多么幸福啊，守着两箩筐黏糖，通夜守着，每个人心里都生出数不清的念想！他生活中有多长时间没发生过这种事了？应该很久很久了吧。但是孩子们的吵闹声突然中断了，听得见他们在向四处逃散。有几个跑得慢的一边跑一边哭泣，口里喊着："就要一小块……"这是怎么回事？锋很想起来看看，这时他听到了这家主人的声音。

"不等天亮，你们就将黏糖挑走吧。要快，不然什么黑角落里又钻出一个来了。我知道他们已经觊觎了好长一段时间了。"

"南门的孩子真了不起，我情愿送给他们尝新。"腐伯说。

"为什么白送？无功不受禄是这里的规矩嘛。他们全都已经得到好处了，你不觉得吗？"

"嗯，有道理。我赶紧去睡一下。"

腐伯和这家主人睡在前面房里，锋听见他俩一会儿就打鼾了。

锋一点睡意都没有！他回想路上遇到的那些邮差，回想当时自己的坚持……然后又想到那些小孩们心中无穷无尽的念想。忽然，他对自己和腐伯的工作肃然起敬了。原来整个事情并不像他最初想的那么简单！这像是一份谜一样的工作，所带给他的远不只是那种“回家”的欣慰感，而是有更为刺激的东西。他就这样睁着眼在稻草上翻来覆去地思索，既渴望，又有点害怕，像那些小孩一样。最后他忽然记起出发前在腐伯家已经睡了一觉的事。这位腐伯，可真是料事如神啊。他刚刚在心里发出感叹，就听见前面房里的两位老人起床了。

“锋，你可不能出卖你腐伯啊！”腐伯高声对他说。

（二）在香城

腐伯和锋坐长途汽车到达香城时，天已经黑了。锋心里想，为什么他俩每到一地天就黑了，而白天总是耗费在路上？这该不是碰巧吧？不过他一上车，胡乱吃了点干粮就进入了梦乡。下车时是腐伯将他推醒的，当时腐伯板着脸说他“像母猪一样打鼾”。香城是小县城，它并不像它的名字，因为到处都是臭烘烘的。腐伯说，这是因为这个小城没修下水道，家家都把脏水倒在屋前屋后。腐伯又说，不修下水道也有好处，这里的植物长得比别处都茂盛，到明天早上就可以看到，到处都是花儿草儿，还有大树。腐伯这样一说，锋就不觉得这小城臭了，他仿佛看见了黑乎乎的砖房前面的那些花草和大树。这时一位妇女猛然出现在路上，看不清她的脸。

“腐伯啊，您再不来我就要死了！”她的外地口音很难听。

“有那么严重吗？”腐伯说。

“我说得一点都没夸张！我家那个小鬼吵得我要发狂了，我两天两夜都没法合眼……您没经历过这种事。东西带来了吗？”

“你是说黏糖？”

“还能是什么？您——啊，感谢！这是他的命根子，三个月一次，他早早地就盼着这一天。为什么您会晚来两天？”

“我在考验你家小鬼嘛。”

女人怀揣着锋交给她的黏糖，付了钱，千恩万谢地回家去了。锋看见她家的灯并没有亮，看来她还不打算马上让儿子如愿。这是什么样的黑暗谋划？

“这里的小孩都被家长锁在家里了。”腐伯悠悠地说，“不然他们就要造反，往粥里头扔玻璃碴什么的，太危险了。明天早上你会见到他们。”

腐伯领着锋一直往小城里面走，锋问腐伯夜里去哪家住宿，腐伯回答说不能住别人家里，因为那些人家里都有小孩，要是看见他们挑着黏糖，就会来谋害他们。腐伯自己就被这些顽童割伤过脸，幸亏发现得早，才保住了一条命！“真正的心狠手辣！”他叹着气摇头。

“我们可以去住库房，那边往右拐便是，满屋子全是米糠，又好闻又暖和，连做的梦都是好梦。”

于是腐伯走前面，锋兴冲冲地跟着他。腐伯走了不远就停在一扇大门前，锋听见门吱呀一声自动就开了。

“你脚下就是糠，”腐伯说，“我们面前是一座米糠堆成的小山。我们先将担子埋到糠里头去，免得出错。”

腐伯麻利地从锋手中接过担子，将那些糠哗哗地扒下来。锋想帮忙，可他什么都看不见。腐伯终于忙完了，口里一边说着“没有问题了”，一边拉着锋的手，要他同他一道“爬山”。

他们爬上去又滑下来，爬上去又滑下来，重复了很多次。最后锋终于抱怨说自己的力气已经用完了。

“我本想让你登高望远，现在只能睡在山脚下了。”腐伯说。

两人很快在那些糠壳上各自睡去。因为劳累，锋睡得很香，一个梦也没做。可是后来他就被腐伯推醒了。

“本来我以为这里很安全，没想到他们会从后门进来挖洞，现在已经快挖到我们的黏糖担子那里了。为首的就是晚间买我们货的那女人的小孩。因为他妈对他要手腕，他就找到我们来报复……你听到响声了吗？”

锋的确听到了很大的响声，他们在里面疯狂地乱钻。

“没有用的，他们找不到我们的担子。”腐伯说这话时显得很高兴。

“我们要不要去把我们的担子挖出来，然后赶路？”锋说。

“为什么？你不想玩了吗？你出来不就为了这个吗？”

“可是他太痛苦了。您听到了吗，他在哭。”

“当然听到了。他多么真诚。锋，我们换到后面去睡一觉吧。”

锋不太记得自己是怎么越过那座小山的，反正后来他就砰的一声掉在了糠上面，那是一个凹处，腐伯也掉在那里。在这个安静的地方，再也听不到孩子们的喧闹，两人很快又入睡了，这一觉就睡到了天亮。

腐伯和锋两人回到埋担子的地方，看见担子已经被挖出来了，上面的糠屑也被扫得干干净净。锋说：

“这下我们要挑空担子回去了。”

“你去揭开黏糖上的布看看吧。”腐伯朝他努嘴。

锋弯下腰，掀起那块蓝粗布，看见黏糖完整地躺在下面。

他又去揭开另一块布，看见下面也是同样的情况。

“天哪，这群孩子是一群小怪物！”他吃惊地说。

“那个小孩，比他妈妈更高明。现在他该多么满足啊！我们将担子撂在这里，去那寡妇家吃饭吧。”腐伯说。

“她是您的情人吗？”锋问道。

“可以算吧，不过这不重要。”

走出仓库，锋被眼前的景色震惊得说不出话来了。到处都是怒放的花朵和参天大树，红砖小屋隐藏在高高的树篱后面，屋前也都种着花草，各种彩色的小鸟飞来飞去。锋感到这里充满了富足的气派。他迷惑不解：住在这种地方的小孩怎么会觊觎腐伯制作的粗糙的红薯食品？怪不得他们沾都没沾那黏糖呢。但腐伯又明明是带着他来这里卖黏糖的。怎么回事呢？

锋和腐伯走进院门时，那位妇女早就已经等在门口了。

“这位是芬姨。”腐伯介绍道。

“芬姨，您好。”锋一边放下担子一边说。

锋看见芬姨满怀深情地揭开那块深蓝色的粗布，打量了一眼下面的黏糖，点了点头，又将布盖好了。

“我爱您，老腐。”她说。

站在一旁的锋脸红了，腐伯不动声色。

两人在芬姨家吃了丰盛的早餐，喝了很多甜酒。后来锋就渐渐地醉了，目光歪斜，倒了下去。他感觉到芬姨和腐伯两人在将他抬到沙发上，但他动不了。

“您的少爷上哪儿去了？”腐伯问女人。

“他刚刚出走了。他告诉我您让他发现了自己的能力。”芬姨说。

“好小伙子，太可爱了！我们在那库房里已经见过面了。”

锋躺在沙发上用力思索，他怎么也想不起腐伯是在哪一刻同那小子见面的。难道他俩夜里不是一直在一块儿吗？也许是在爬山的时候他们分开了一会儿，而他忘记了？啊，那座糠壳堆成的山！锋的双眼已经睁不开了，但耳朵反而变得特别灵敏。他听见旁边的两位发出许多暧昧的声音，就庆幸自己的眼睛已经闭上了。沙发又大又软，锋舒舒服服地睡着了。

锋醒来时发现自己躺在汽车站的长椅上，那窄窄的木椅子硌得他的背很疼。再一看，腐伯坐在他旁边。

“我怎么在这里？”锋吃惊地问腐伯。

“嘘，小声点，芬姨的儿子也在这里等车，他今天从家里出走。”

锋顺着腐伯的手指望过去，看见一个小男孩，像是城里的富家子弟，背着一个漂亮的旅行包，在人群中挤来挤去的。他看上去神情紧张。

“哈，他也要出走！”锋说。

“说不定他像你。”

“那么，他也是因为活得不耐烦了才出走？”

“可能吧。我看他有点像是去寻死。”

“可我一点也不想死。我挑着这么一担宝贝，哪里舍得去死？”

但是锋说了这一句话就迷惘了，他发呆地盯着黏糖上的那块深蓝色的粗布，想起了村里的许许多多场景。

“芬妮！”腐伯欢喜地喊道。

那男孩过来了，眼里亮晶晶的。锋想道，他怎么取了个女孩的名字？

“我改变主意了，腐伯。”芬妮响亮地说，“我今天不出走了，过几天再出走，免得妈妈担心。”

“好小伙子，你真是懂事了！”腐伯说。

他们站在那里说话时，芬妮的目光在那块蓝色粗布上溜来溜去的，充满了渴望，还有贪婪。芬妮最后对腐伯说：

“我回去了。您还会来吗？”

“当然会来，今天夜里就来！我们也改变主意了。”腐伯激动地说。

他俩目送芬妮走出了车站。

这时他俩的长途汽车来了。锋问腐伯还走不走，腐伯说当然要走，票都已经买了。锋又问，他们走了之后今天还怎么赶回来，他不是答应了芬妮吗。腐伯被锋一问就发脾气了，说锋太啰唆，话说得太多，还说最好少说话，多思考。“我年轻时是个闷葫芦。”腐伯说完就用力推了锋一把，于是锋就被人流夹带着上车了。

放好担子，在车上坐好后，锋突然有点伤感，他又想起了村子里的一些场景。

车窗外面的景色越来越荒凉，锋的心情也越来越沉重。

“腐伯，我们现在是去哪里啊？”

“回家嘛。你不记得回家的路了吗？”

“可是黏糖还没卖完啊。”

“你这死心眼的小伙子，你掀开那块布看看吧。”

锋弯下腰掀开那块蓝布，看见下面什么都没有。腐伯笑了，深情地说，他怎么能让芬妮这样的小孩空手回去？芬妮是人群中的夜明珠啊，白天看起来平平常常，到了黑夜里就成了真正的宝贝了！锋从未见过腐伯这样动感情，一时冲动就对腐伯说，他也想成为夜明珠，可他心里太混浊了，想成也成不了啊。

“我明白了，腐伯。村里人故意做出看不起您的样子，称您为流浪汉，其实呢，您是全村人心中的骄傲。您在外面卖黏糖，就把他们心里的念想带到了周边这些地方。您的工作让大家更爱家乡了，是吧？您在外头走的地方越多，大家就越高兴。您一回家，大家就讽刺您，为的是让您更加努力，不要懈怠……这些道理，我刚刚才明白过来。”

锋说了这一通话之后，他的伤感忽然消失了。他心底隐隐地升起熟悉的兴奋之情，就像他去库房前的那种兴奋。

“锋啊锋，现在你就是我的念想了。你会变成夜明珠的。”

腐伯的脸上浮起深奥的表情，锋简直看呆了。

情人之路

从我的房子的落地窗望出去便看见那棵梨树，在开着白花的树下，那位情人站在那里。她不是一位美人，但是我喜欢的那种类型。我是怎么知道她是一位情人的呢？应该是从周围的氛围看出来的吧。那梨树，树上的白花，远处天空中的大雁，近处飞来飞去的蜜蜂，还有一名小贩路过的身影，好像全在告诉我，这树下的女子是一位情人。

隔着玻璃窗，我提高了嗓门问她：

“您在等他吗？”

她立刻反应过来，左边的肩膀动了一下，迅速地回答：

“不，我不等人。等人的季节早就过去了。”

她转过身来直视着玻璃后面的我，甚至挑衅地扬了扬眉毛。

“您贵姓？难道见过他？我一般不同男人交谈，可是您见过他……”

“我没有见过您的情人，可我知道他的相貌。”

“您怎么会知道？”

“从您的身上看出来的呀，再说这个季节很美，所有的事物全在敞开。”

她听了我的话哈哈大笑，她笑起来有点粗俗。

我想过去开门，但她挥了挥手，让我不要开。看来她觉得隔着玻璃同我说话更自在。她真是个鬼精灵。

“他对于我早就不存在了，可我知道他在这座城市里。您见到他的时候，他还戴着那只银项圈吗？那是他们古老家族的标志。”

“让我想想——对，有银项圈，不过一点都不适合他。”我说。

“您说得对，他的穿戴一点都不适合他，这正是他从前吸引我的方面。”

她垂下了眼睛。她的模样就好像她的情人站在她对面一样。

我看着她，觉得我自己就是那位男情人，我知道这很荒唐，可为什么我的心在怦怦直跳？她是谁？那男子又是谁？

“我要走了，”她说，“您得记住我。”

“当然。”我说。

小贩过来了，他俩小声地交谈，然后一块儿离开了。小贩显然不会是男情人，他一直在这附近徘徊，有点奇怪。他是为了同景物一块儿构成“情人”的画面，引起我的激情吗？我打开门走出房间，这时我发现“情人”的氛围已经消失了。还是这棵树，有些花开着，有些花谢了，但看不到一只蜜蜂。

我回到房里，在沙发上躺下来。我房里墙上的壁纸是那种怀旧的图案。我盯着壁纸看，从壁纸里面看见了她。情人在壁纸里面显得变化很大，眯着眼在看什么东西，但肯定不是看我。现在她身后出现了鹅，有点像不祥之兆。有陌生的声音在房里说话，我愿意将那声音想成是她的声音。

“天晚了，那条路上就响起脚步声。那脚步，没有人等待它，可它定时响起。世界就这样出现在我们面前，对不对？”

“对啊！”我高声回应道。

可能因为我的声音太高，情人噗的一声从壁纸上消失了。我后悔不迭。

我激动地站起来，在房里踱步。我希望那陌生的声音再次响起。

壁纸上没有任何动静，我看遍了整个房里的墙壁。

哈，是她，我的清洁工。她怯生生地站在那幅地图旁。她是什么时候进来的？她干吗那样看着我？

“胡姨，您的儿子在恋爱吗？”

“是啊，他说他成了一位情人。”胡姨的两眼开始炯炯发光。

“太棒了！他天天从屋前的这条路上走过吗？”

“他天天从一条路上走过，不过不是这条路。”

我有点失望，可是听到她在小声说：

“我可以向您借一点钱吗？”

“好啊，借多少？”

“并不多，一千元吧。”

“为了儿子的事？”

“嗯。情人们都很辛苦啊。”她脸上浮起憧憬的表情。

她拿了钱就走了。她开门的瞬间我看见外面有个身影，像是女情人。我走到门外，却只看见胡姨的背影。这里面有什么样的蹊跷？我进入了某个圈套吗？我再次躺下，徒劳地猜测着那条路所在的方位。胡姨的儿子当然不是男情人，我见过他，他还是个小孩，最多十九岁。不过这种事也难说，如今的男孩子个个诡计多端。

我锁好门，到饭馆去吃饭。

外面空气新鲜，可能是因为刚下了点雨。我四处张望，可是找不到一点情人的氛围。远处有几个小孩在踢球，他们弄出很大的喧闹声。我想，就连胡姨，五十多岁的女人，也在憧憬着那种梦境啊。

我终于下决心从我所居住的郊区走到城中间去——我已经好多年没进过城了。我选择在半夜动身。

然而我沿这条路没走多久就迷路了，城市已经完全成了陌生的。我对自己说，碰碰运气吧，反正已经出来了。我的前方有一座石桥，石桥下面有溪水。我努力地回忆，但情人的氛围并没有出现。溪水在灯光下看起来很平常，完全构不成那种氛围。过了桥，就看到儿童游乐园。深更半夜的，当然没有小孩子，却居然有一位白胡子老大爷从那滑梯上滑下来。他身手矫健，好像练过武功。

“大爷，您……”我忍不住招呼他。

他快步走到我面前，将手掌重重地放在我肩上，声音洪亮地说：

“我在等她。我猜您也是吧？这个时候不睡觉的都是在等她。”

很显然，他认为自己还很年轻。我有点嫉妒他。

“您知道她的年龄吗？”我担忧地问。

“年龄？她看上去同您差不多大，可实际上，她没有年龄。要不为什么所有的人全在等她？这是我的推测。”

他问我是不是去百鸟山，他说他愿意陪我走走，还说：

“反正又等不到，权当消磨时间吧。城里的夜景很美，对吧？”

有某种躁动在我的心底渐渐升起。难道那种氛围正在出现？他不是情人，可他正在带来情人的氛围……

我们默默地行走，我很兴奋。

“您听到鸟儿的叫声了吗？百鸟山就在前面三百多米的地方，那里有一个圆形拱门，我不陪您了。”他一边说一边消失在路灯后面的阴影中。

我没有听到鸟儿叫，可我看到了情人的征兆——路边有一排石椅。我用手摸摸椅背，真温暖啊。我已经走了不止三百米，甚至不止六百米了。我想，老大爷所说的百鸟山也许就是这些发热的石椅吧。我其实已听懂了他的话，那意思是说，情人无处不在，只要你在正确的时间里保持警惕。

我在一张石椅上坐下来。星星多么明亮啊。我对自己说，我早就应该出来走走了。却原来她是这样的，人人都在等她。那么她的情人又是什么样的呢？我明白了，白胡子大爷应该是她的情人。不是连我都被他激起了热情吗？他身上有惊人的能量。在大约十几年里，他俩相互等待，正如这些温暖的石椅。百鸟山，百鸟山……多么恰当的比喻。在群星闪亮的天庭里，大概有一个圆形拱门。

我在黎明时分才回到家中。

我睡下，于半睡半醒中感动着，感动着……我被遗留在那个情境中，而且我也不愿离开。她，我见过她，而且同她谈了话，这是一件稀有的事。是的，我看着她的脸，那是在早晨的晨光中。并且我从她的眼睛里看见了她的情人的脸和身体。那是种令人战栗的幸福。后来她就出现在壁纸里面了，就是现在我旁边的壁纸里面。有什么东西在沙沙作响，可能是她要出来。我很兴奋，我想要醒来却醒不来，大概是她将我拖住，留在半睡半醒的情境里。我听见自己在喊："美男子，您将她领走吧！我太爱她了……"但我知道我没有喊出声。我还知道我会醒来，继续寻找她。

我是一名男子，我爱上了女情人，因为那天清晨的情景，主要是因为梨树上的白色花朵和蜜蜂。我甚至连带着也爱上了她的情人。这真不可思议。

我忽然清醒了，于是穿衣走出卧室，因为我知道有人进屋了。

是胡姨，她来帮我打扫房间。

“胡姨，您的儿子又从那条路上走过了吗？”

“您真会猜，事情正是这样的！”她的双眼又开始发光。

“不知为什么，我很激动，就像我自己在恋爱一样。”

“我也是。这是一件大事，对吗？”

“当然是大事！他成了情人，真了不起！”我的脸泛红了。

胡姨打开门，指着远处的天边，对我说：

“喏，就是那条路。”

胡姨告诉我，她很想见见儿子的女朋友，可儿子明确地告诉她说这是不可能的，因为那位女子从不让儿子决定约会的日子。

“您儿子成了情人，连我都能感觉到幸福。”我说。

“您瞧，我差点抱怨起来了。我不应该抱怨。”

外面有人叫我，我出去了。我以为是白发老大爷，但不是。来人是一位陌生男子，长着一张毫无特征的脸，我觉得自己不可能记住他的模样。

“工程师先生，您决定了要去找她吗？”他问我。

“是啊，早就决定了！”我冲口而出道。

“她在那条路上。”他边说边往前一指，我就看见了一条路。

我问他是不是要我跟他走，他点点头。

啊，我的脚步多么轻盈啊！大概他也是。那条路离我们越来越近的时候，我心里突然产生了怀疑。

“先生，您是情人吗？”我问他。

“我还不知道，不过很快就会知道了。要看机遇。”

我们都沉默着。那条路越来越近了，那是一条普通的柏油路，没有什么特征，可我们的注意力怎么总在它上面？好，我们踏上了它，它没有给我们什么额外的感觉，我还同先前一样兴奋。但是我的同伴不安了，他边走边东张西望。

“她不在这条路上，她在那条路上，我有预感。”他又往右边一指。

于是我看见了那条彩色石子路。我们拐向右边的岔道。

"我大概走不到那里了。"他沮丧地叹气。

"为什么？它并不远嘛。"我说。

"那是看起来不远。这距离会要了我的命。"

他说完就停下，盯住迎面走来的路人，然后挽住那人的手臂，两人一道走到左边的岔道上去了。也许他是故意甩开了我。

我迎着右边的彩色石子路往前走，一会儿就到了那条路上。啊，这条大道真华丽。她会出现吗？有一些妇女过来了，她们正在边走边交谈，小声地讨论某个严肃的问题。但她不在她们中间。我想，这是一些不平凡的女人，可为什么没有她呢？刚才那男情人说她会在这里啊。会不会就在刚才那一瞬间，他将她领走了？女人们身上的香气飘来，我差点要醉倒了——多么美妙！

一会儿她们就走远了。我听到其中的一位大声说道："如今这时代，勇敢者可以转动地球！"我觉得这一位也许就是化了装的情人。

只有我一个人留在这条陌生的路上了。脚下的彩色石子开始发光，在这幻境中，我感到了她的身体。她同我紧挨着。我很快又感到了她的那个他，他也同她紧挨着。"她和他多么般配啊！”我一边在心里说，一边激动不已。“我多么爱这女人！”我又在心里说，“这真是一个恋爱的好地方。”

我们三个人并排站在那里，可他们俩都是隐形的，我看不见他们。

“您终于来了，您赶上了好时代。”她说。

现在我多么幸福啊！可为什么还是这么焦虑？因为我怕下一次找不到这条路了啊！她看出了我的顾虑，于是在我耳边悄悄地说：

“只要您心存意愿，想来就可以来。”

她的话音一落，彩石的光芒就暗淡了。欢乐从我心底升起，我立刻认出了回家的路。

| 全书完 |

茶园：残雪全新小说自选集

作者 _ 残雪

产品经理 _ 聂文　装帧设计 _ 林林　封面插画 _ 贺婉娟
技术编辑 _ 丁占旭　责任印制 _ 刘世乐　出品人 _ 曹俊然

果麦
www.guomai.cn

以 微 小 的 力 量 推 动 文 明

图书在版编目（CIP）数据

茶园 ： 残雪全新小说自选集 / 残雪著 . -- 济南 ：
山东文艺出版社， 2020.9
ISBN 978-7-5329-6126-9

Ⅰ . ①茶… Ⅱ . ①残… Ⅲ . ①短篇小说一小说集一中
国一当代 Ⅳ . ① I247.7

中国版本图书馆 CIP 数据核字（2020）第 167037 号

茶园：残雪全新小说自选集

CHAYUAN:CAN XUE QUANXIN XIAOSHUO ZIXUANJI

残雪 著

主管单位 山东出版传媒股份有限公司
出版发行 山东文艺出版社
社　　址 山东省济南市英雄山路 189 号
邮　　编 250002
网　　址 www.sdwypress.com

读者服务 0531-82098776（总编室）
0531-82098775（市场营销部）
电子邮箱 sdwy@sdpress.com.cn

印　　刷 捷鹰印刷（天津）有限公司
开　　本 1230 毫米 ×880 毫米　1/32
印　　张 8.5
印　　数 11,001 ～ 16,000
字　　数 140 千
版　　次 2020 年 9 月第 1 版
印　　次 2023 年 10 月第 2 次印刷
书　　号 ISBN 978-7-5329-6126-9
定　　价 58.00 元